岩波現代文庫
文芸 35

見田宗介

宮沢賢治

存在の祭りの中へ

岩波書店

目　次

序章　銀河と鉄道

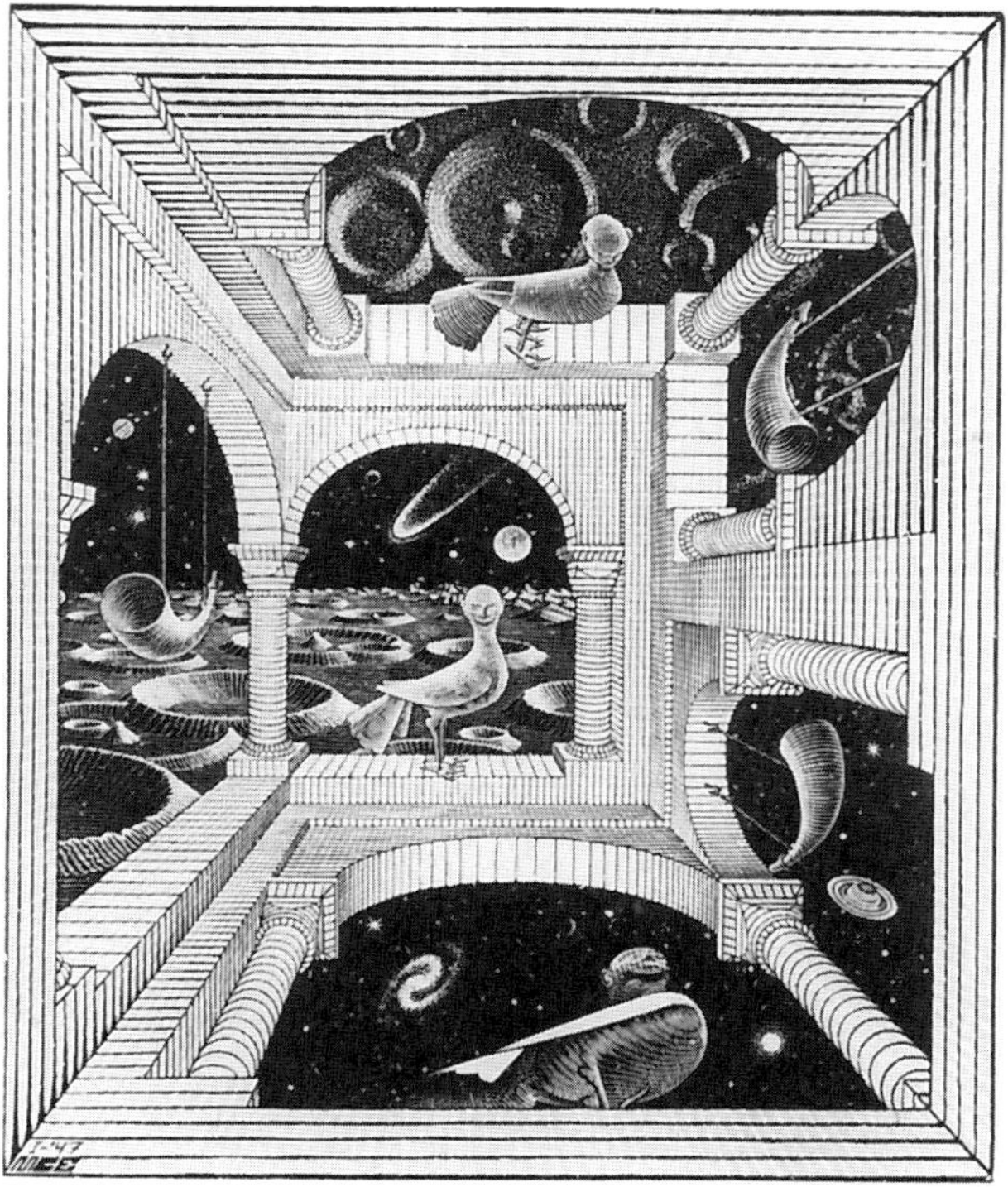

M. C. Escher「もう一つの世界」1947

一　りんごの中を走る汽車
——反転について——

こんなやみよののはらのなかをゆくときは
客車のまどはみんな水族館の窓になる
　（乾いたでんしんばしらの列が
　せはしく遷《うつ》つてゐるらしい
　きしやは銀河系の玲瓏《れいろう》レンズ
　巨《おお》きな水素のりんごのなかをかけてゐる）
りんごのなかをはしつてゐる
けれどもここはいつたいどこの停車場《ば》だ
枕木を焼いてこさえた柵《さく》が立ち
（八月の　よるのしづまの　寒天凝膠《アガアゼル》）(1)

『青森挽歌』という二五二行の長詩の、走り出しの数行である。

ここで詩人ののっている汽車は、鋭利なフォークの先端のようにいきなりりんごの果肉の中を走る。〈きしやは銀河系の玲瓏レンズ／巨きな水素のりんごのなかをかけてゐる／りんごのなかをはしつてゐる〉。

宮沢賢治の書くものの中には、〈汽車の中でりんごをたべる人〉というイメージが、くりかえし印象深くたちあらわれてくる。『銀河鉄道の夜』の中でも、〈鍵をもった人〉である天上の燈台守が、いつのまにか黄金と紅の大きなりんごをもっていたりする。りんごは「鍵」の変身ででもあるかのように。そしてこの銀河鉄道のおわりのところで、少年ジョバンニに世界の真理を開示してみせる〈黒い大きな帽子の男〉は、「おまえがあうどんなひとでもみんな何べんもおまえといっしょに苹果《りんご》をたべたり汽車に乗ったりしたのだ」(2)という。ポーセを探すチュンセのために書かれた手紙でも(3)、『蒼冷と純黒』というふしぎな対話の断片でも(4)、あるいは『氷と後光』という短篇でも(5)そうだけれども、人間が生のひとときを分かちあいながら、あるいは孤独を噛みながらたしかに生きたということを刻印《こくいん》するあかしのように、汽車に乗る人たちは、いつもりんごをたべている。あるいはりんごを手にもっていたり、ポケットにしまっていたりする。

りんごというものの形態《かたち》のいちばん大きな、だれにでもすぐに目につく特質は、それが〈丸いもの〉であるということ、けれども同時に、ゴムマリのようにとりつくしまもなく閉じた球体ではなくて、孔のある球体であるということ、それもボーリングのボールのように、表皮のどこかに外部からうがたれた孔《あな》ではなくて、それ自身の深奥の内部に向って一気に誘いこむような、本質的な孔をもつ球体であるということである。それは人間の禁断の知恵の源泉についてのよく知られている神話の中で、〈鍵〉の象徴としてえらばれているように、存在の芯《しん》の秘密のありかに向って直進してゆく罪深い想像力を誘発しながら、そのことによって、とじられた球体の「裏」と「表」の、つまり内部と外部との反転することの可能な、四次元世界の模型のようなものとして手の中にある。* **

＊　いうまでもなく、賢治が意識してりんごの形態論的なシンボリズムを用いたということではない。賢治はこのことに無意識に書いたと思う。そしてまさしく無意識のシンボリズムが問題なのだ。たとえ意識されたものであっても、それが真正のシンボリズムであるかぎり、それは必ず、意識の彼方から来るものの、意識にうつされたかたちにほかならないはずである。

＊＊　空間の外部が内部にりんごのように吸いこまれてゆく反転というイメージは、賢治がつよい関心をもっていた生物の発生学では、なじみの深い形象である。周知のように、わたし

たちの身体の最深部にある脊髄内部の中枢神経は、元来は胚《はい》の表面をおおっていた外胚葉の〈陥入〉によるものである。わたしたちのからだはいわば、内側に向っていったんうらがえされている。

そしていまこの長大な挽歌のはじまるところでは、詩人の乗っている汽車は反対にりんごの中を走る。〈汽車の中のりんご〉という心象は、〈りんごの中の汽車〉という心象へとうらがえされる。内にあるものが外にあるものに。外にあるものが内にあるものに。青森であるから窓外にりんごの林があって、賢治の鋭敏な嗅覚にりんごのにおいを送ってよこし、それが作品のイメージを誘った(6)のかもしれないけれども、それは詩の外の世界であって、天沢退二郎のいうように作品の中の列車は、もちろんりんごの果肉の中を走るのである。

そしてこのように、わたしたちが外部に見ているものの内部にいきなり存在している、という変換の自在さは、——このようなことをうけいれる空間感覚とともに、——じつはこの詩の冒頭の二行のうちに周到に用意されている。

こんなやみよののはらのなかをゆくときは
客車のまどはみんな水族館の窓になる

このとき詩人は、自分の乗っている汽車をその外からみている。おそらく黒くひろがった野原のはてからみているのである。わたしたちは、内部にありながら同時に外部にあるという二重化された眼の位置を、何の不自然さもないように詩人と共有してしまっている。

「銀河鉄道」の旅のおわりでは、〈そらの孔《あな》〉である石炭袋がでてくる。

「あ、あすこ石炭袋だよ。そらの孔だよ。」カムパネルラが少しそっちを避けるやうにしながら天の川のひとところを指さしました。ジョバンニはそっちを見てまるでぎくっとしてしまひました。天の川の一とこに大きなまっくらな孔がどほんとあいてゐるのです。その底がどれほど深いかその奥に何があるかいくら眼をこすってのぞいてもなんにも見えずたゞ眼がしんしんと痛むのでした。(7)

石炭袋《コール・サック》は、この宇宙の中のひとつの点でありながら、同時にこの宇宙の外にひろがり、この宇宙自体をもまたその中のひとつの点としてうかべているのかもしれないような、〈外部の〉空間への通路でもあり、露頭でもある。このようにして石炭袋は、宇宙空間の外部に向って反転されたりんごの孔である。りんごといううらがえし可能な空間が、銀河といううらがえし可能な空間の中で、それ自体うらがえされたかたちに他ならない。それは宇宙がそれ自体、異の空間への出口をもつ空間でなければならないことを、詩人が直感しているからである。

この〈銀河鉄道〉の中で、車掌が検札にまわってきたとき、ジョバンニはじぶんが切符をもっていることをしらない。あわてて上着のポケットをみると、四つにたたんだはがきぐらいの大きさの緑いろの紙がでてくる。車掌はそれをみて、「これは三次空間の方からお持ちになったのですか。」という。天上の住人である鳥捕《と》りのひとはこの切符をみて、それがどこにでも行ける切符であるという。「こんな不完全な幻想第四次の銀河鉄道なんかどこまでも行ける」通行券であることをおしえてくれる。ジョバンニがその切符をみると、「それはいちめん黒い唐草のやうな模様の中に、おかしな十ばかりの字を印刷したものでだまって見てゐると何だかその中へ吸ひ込まれてしまふやうな気がする」のである。（8）

ジョバンニの切符がもうひとつの石炭袋、〈宇宙の出口〉であることはあきらかであるが、それは切符が〈どこにでも行くことのできる通行券〉であり、つまり時・空をこえるもの、人間の運命からの解放のメディアに他ならないからである。

こんなやみよののはらのなかをゆくときは

客車のまどはみんな水族館の窓になる(9)

『青森挽歌』の詩人は汽車の中にいて、たちまち汽車の外にいる。『銀河鉄道の夜』のはじまりのところでは、はんたいに少年ジョバンニは汽車の外にいて、たちまち汽車の中にいる。ジョバンニが丘をかけのぼり、町のはずれから〈遠く黒くひろがった野原を〉見わたすと、

そこから汽車の音が聞えてきました。その小さな列車の窓は一列小さく赤く見え、その中にはたくさんの旅人が、苹果《りんご》を剝《む》いたり、わらったり、いろいろな風にしてゐると考へますと、ジョバンニは、もう何とも云へずかなしくなって、また眼をそらに挙《あ》げました。

あゝあの白いそらの帯がみんな星だといふぞ(10)。

すると、どこかで、ふしぎな声が、銀河ステーション、銀河ステーションといったかと思うといきなり眼の前が明るくなって、

気がついてみると、さっきから、ごとごとごとごと、ジョバンニの乗ってゐる小さ

な列車が走りつづけてゐたのでした。ほんたうにジョバンニは、夜の軽便鉄道の、小さな黄いろの電燈のならんだ車室に、窓から外を見ながら座ってゐたのです。(11)

〈外にありながら内にあること〉、この反転が、『青森挽歌』の最初の二行と正確に対応しながら逆であることはいうまでもない。

視界のかなたに一筋遠く光るもの、けれども同時に、〈いつのまにか〉わたしたち自身がその中にいるもの、このような〈汽車〉のかたちは、正確にまた〈銀河〉のかたちでもある。ジョバンニがあの一列赤い灯の〈中にいる〉自分をしるとき、またジョバンニは、あの白い天空の帯《おび》の内部にもいる自分を見出す。汽車は銀河の鉄道を走っているのだ。

このような銀河の構造を、賢治はこの作品の中ではっきりと意識して描いている。ジョバンニが丘をかけのぼった日の午後の授業で、ジョバンニは銀河の模型をみている。

「この模型をごらんなさい。」

先生は中にたくさん光る砂のつぶの入った大きな両面の凸レンズを指しました。

「天の川の形はちゃうどこんななのです。このいちいちの光るつぶがみんな私どもの太陽と同じやうにじぶんで光ってゐる星だと考へます。私どもの太陽がこのほゞ中ごろにあって地球がそのすぐ近くにあるとします。みなさんは夜にこのまん中に立ってこのレンズの中を見まはすとしてごらんなさい。こっちの方はレンズが薄いのでわづかの光る粒即《すなわ》ち星しか見えないのでせう。こっちやこっちの方はガラスが厚いので、光る粒即ち星がたくさん見えその遠いのはぼうっと白く見えるといふこれがつまり今日の銀河の説なのです。(12)」

わたしたちはこの先生の説明の中で、いつのまにかこの凸レンズの中に入って、内側から光る砂粒たちをみている微細なものの目を獲得している。けれどもこのときにまたわたしたちは、わたしたち自身をつつむ広大な銀河系宇宙の全体を、その外側からみている巨大なものの目をも同時に獲得している。

外にありながら内にあること、内にありながら外にあること、〈銀河〉と〈鉄道〉のイメージが重厚な重音のように重なり合いながら体現しているこの可能性が、空間の性質であるばかりでなく、時間の性質でもあることによって、また対象的「世界」の性質であるばかりでなく、主体的「自己」の性質でもあることによって、どのように賢治の開示する目もくらむような〈解放〉の土台を用意するものであるかということを、わたしたちは、のちにみていくことになるだろう。

二　標本と模型
――時空について――

『銀河鉄道の夜』は、はじめ第四章「ケンタウル祭の夜」のところから書き出されていて、「午后の授業」や「活版所」やジョバンニの母親のいる家のことなどのでてくるはじめの三章は、晩年になってからつけ加えられた。[13] この三章は入沢康夫らのいうように予兆篇である。第一章ではすでにみてきた銀河の模型が語られている。第三章では鉄道の模型がでてくる。[14] 〈全体的なもの〉である銀河と、〈媒介するもの〉である鉄道が、まずそれぞれのミニチュアとして物語のはじめに提示されている。

三章ではまた標本の話がでてくる。北方の海に漁に出たまま帰って来ていないジョバンニの父親がかつて学校に寄贈した「巨《おお》きな蟹の甲らだの、となかいの角だの」である。標本のテーマはもういちどそれ自体として、銀河鉄道の夢の中でもくりかえされる。「プリオシン海岸」という銀河の河原で、せいの高い長靴をはいた学者が、百二十万年前の化石を発掘している。「標本にするんですか。」とジョバンニたちがきくと「証明するに要《い》るんだ。」と学者は答える。何の証明に要るのだろうか。

〈標本〉のテーマについても天沢退二郎が早くから着目していて、『鈴谷平原』や『サガレンと八月』の標本を分析している。(15)『鈴谷平原』にでてくる標本は、奇妙なものである。青森から北海道を縦断して当時の日本の領土の北限樺太《からふと》(「サガレン」)に渡った詩人は、この地の鈴谷平原でうたう。

こんやはもう標本をいっぱいもつて
わたくしは宗谷海峡をわたる(16)

帰途につくのだ、ということである。

このとき賢治の旅の目的は、形式上は教え子の就職依頼ということになっているが、よくしられているように実質上は、前年の秋に喪《うしな》った愛妹トシ(とし子)の存在のゆくえを求める挽歌行であった。だがそれにしても、詩人はこの挽歌の旅から何の標本をもちかえるというのだろうか。

この同じときに書かれたか発想されたと思われる『サガレンと八月』という断片においても、〈何の用でここへ来たの、何かしらべに来たの、何かしらべに来たの。〉とくりかえし吹きつけてくるサガレンの風にたいして、「標本を集めに来たんだい。」と「私」はこたえる。(17)「私」がじっさいにみつけて拾うのは〈孔《あな》のあいた貝殻〉である。

賢治が旅でその旅の目的のように手に入れてよろこぶものには、ときどき奇妙なものがある。

二十六歳*のときになされた「オホーツク挽歌」の旅とならんで、もうひとつの象徴的な旅であるその前年の『小岩井農場』の歩行のおわりでは、賢治はこのように書いている。

* 年齢は満年齢による。したがって八月二十七日以前の出来事は『校本全集』の年譜に記載されている年齢よりも、本書では一歳若い。

きみたちとけふあふことができたので
わたくしはこの巨きな旅のなかの一つづりから
血みどろになつて遁《に》げなくてもいいのです(18)

「きみたち」とはユリアとペムペルである。

ユリア　ペムペル　わたくしの遠いともだちよ
わたくしはずゐぶんしばらくぶりで
きみたちの巨きなまつ白なすあしを見た
どんなにわたくしはきみたちの昔の足あとを
白堊系の頁岩《けつがん》の古い海岸にもとめただらう(19)

このユリアとペムペルがはじめてあらわれるところから引用すれば、こうである。

(天の微光にさだめなく
うかべる石をわがふめば
おゝユリア　しづくはいとど降りまさり
カシオペーアはめぐり行く)
ユリアがわたくしの左を行く
大きな紺《こん》いろの瞳《ひとみ》をりんと張《は》つて
ユリアがわたくしの左を行く

ペムペルがわたくしの右にゐる[20]

賢治はこのあとに〈みんな透明なたましひだ〉と書いて消している。

ユリアはジュラ紀からくるのだろうし、ペムペルは小野隆祥のいうように[21]、ペルム紀（二畳紀）からくるのかもしれない。* 人類が他の動物からわかれる以前の生命たちである。天の微光にさだめなくうかんだ石をふみすすむときに、詩人はこれらの〈遠いともだち〉と出会うのである。

＊ ペルムのペムペルへの変形は、あたりの「楊の花芽《ペムペロ》」にひかれたためと思われる。ちなみに賢治は、この世代の日本人がしばしばそうであったように、p音とb音との区別に無頓着であった。

このことはまた、この詩をふくむ詩集『春と修羅』への序の中の、ふしぎな地質学を思い起こさせる。

おそらくこれから二千年もたつたころは
それ相当のちがつた地質学が流用され
相当した証拠もまた次次過去から現出し

みんなは二千年ぐらゐ前には
青ぞらいつぱいの無色な孔雀《くじやく》が居たとおもひ
新進の大学士たちは気圏《きけん》のいちばんの上層
きらびやかな氷窒素のあたりから
すてきな化石を発掘したり
あるひは白堊紀砂岩の層面に
透明な人類の巨大な足跡を
発見するかもしれません(22)

このいわば天空の地質学では、わたしたちには風も水もないがらんとした空にしか思われないような〈気圏のいちばんの上層〉に、過去が発掘されるのである。

銀河の河原の〈プリオシン海岸〉のあの長靴をはいた学者は、ボスという牛の祖先を発掘しながらつぎのようにいう。

「証明するに要るんだ。ぼくらからみると、ここは厚い立派な地層で、百二十万年ぐらゐ前にできたといふ証拠もいろいろあがるけれども、ぼくらとちがったやつからみてもやっぱりこんな地層にみえるかどうか、あるひは風か水やがらんとした空かに見えやしないかといふことなのだ。(23)」

プリオシンとは第三紀の最も新しい層、鮮新世のことであり、人類が他の動物から分かれた時点である。

『小岩井農場』の歩行の旅の少しあとかと推定されている時期に、農学校教師であった賢治は生徒たちと北上川《きたかみがわ》小舟渡に遊び、「岸べから偶蹄類の足跡やクルミの化石を発掘し、その地層がドーバー海峡のものと似ていたため、イギリス海岸と愛称」している。(24)

賢治が作詩作曲して生徒たちといっしょに歌った『イギリス海岸の歌』という歌曲は、つぎのようである。

Tertiary the younger tertiary the younger
Tertiary the younger mud-stone
あをじろ日破れ　あをじろ日破れ
あをじろ日破れにおれのかげ

Tertiary the younger tertiary the younger
Tertiary the younger mud-stone
なみはあをざめ支流はそそぎ
たしかにここは修羅のなぎさ(25)

“Tertiary the younger mud-stone” とは吉本隆明も考証しているように(26)、プリオシンを含む〈第三紀〉の新しい層の泥岩である。賢治はこの人類の起源のときの痕跡に、透明な自分の影を投射してそれを見ている。

「標本」は一般的には、洋服の生地の標本や昆虫の標本のように、たくさん存在しているもののうちの任意のひとつで、他のたくさん存在しているものを代表して体現するものをいう。けれども賢治が旅のおわりで、その旅の「意味」であるかのように手に入れてくる〈標本〉と、いくつもの化石や足跡や〈透明な生き物〉たちとのこのいりくんだ連環を念頭におさめてみると、賢治にとって〈標本〉の意味は、もうすこし限定された役割と方向性をもつもののように思われる。『鈴谷平原』と『サガレンと八月』の〈標本〉が「《死せるもの》の残した永遠の現在態としての唯一のしるし」であるという天沢の指摘は示唆的である。(27)

『銀河鉄道の夜』のはじめでジョバンニが、蟹の甲らやとなかいの角の標本に固執するのは、それらがジョバンニの不在の父の存在のあかしであるからである。このことは賢治の作品における、〈標本〉の意味を象徴するかのようである。〈標本〉と、それと等価であるような〈化石〉や〈足跡〉や〈透明な生き物〉たちとは、なによりもまず存在しないものの存在のあかし、少なくとも「現在」という時間の中には存在しないとされているものの、確固とした存在の証明である。

「銀河鉄道」が三次空間のかなたを行くこと、それが不完全ではあっても〈第四次〉の軌道を行くものであることを、すでにみてきた。『春と修羅』の黙示録的な序詩もまた、

すべてこれらの命題は
心象や時間それ自身の性質として
第四次延長のなかで主張されます(28)

ということばで結ばれている。

四次元世界という発想は、いうまでもなくアインシュタインの相対性理論にもとづいて

いる。アインシュタインは、一九二二年十一月十八日に来日していて、大正末期の文化世界の一部に知的な興奮をよびおこしていたが、それはちょうど、さきの『小岩井農場』をはじめ、『春と修羅』集中の主要な詩篇がつぎつぎと賢治をおとずれていた時期であり、「イギリス海岸」に賢治が遊んだ時期であり、そしてとし子が死んだ月である。『春と修羅』序詩はその約一年後に書かれ、また『銀河鉄道の夜』はのちにみるように、翌年と翌々年（一九二三、二四年）の夏にその発想の起源を求められる。

小野隆祥の推定では、賢治はアインシュタインの来日の前年（一九二一年）にすでに相対性理論を学んでいたとされている。*

＊　この年アインシュタインの日本への紹介者である石原純は、アララギ派の歌人原阿佐緒との恋愛事件で東北帝国大学教授の地位を追われている。この事件が一般の話題となったということが間接の機縁となって、石原の著書『相対性原理』がその専門外の人びとの目にもふれたということも考えられる。

アインシュタインの相対性理論のうちでも「特殊相対性理論」と「一般相対性理論」とでは空間のモデルが異なり、賢治がそのどちらを念頭においていたかによって、賢治のいう〈四次元〉あるいは〈第四次元〉ということの意味も異なる。〔たとえば研究者のあいだでも、第四次元とは時間であるという入沢、天沢らの考え方[29]と、時間ではないという小野隆祥らのとらえ方[30]がある。」

特殊相対性理論においては「ミンコフスキー空間」が前提されている。ミンコフスキー空間とは、ユークリッド空間(ふつうの常識的な空間)の三次元(上下、前後、左右という三つの方向)に、第四番目の「方向」として〈時間〉を加えた四次元であり、このとき第四次元とは、もちろん時間のことである。

一般相対性理論においては、「リーマン空間」などとよばれる非ユークリッド空間によって記述がなされる。この空間では、空間自体の「曲率」が場所によって異なることが可能であり、ブラック・ホール(宇宙の孔《あな》!)などの現象は、この空間を前提として説明することができる。

石原純がその『相対性原理』などの著書で主として紹介につくしてきたのは、特殊相対性理論の方である。また入沢が指摘するように、賢治のある草稿の余白の中に、Mincow-skiというメモか落書が二回みられる[31]。このかぎりでは賢治の念頭にあるものは、特殊相対性理論＝「ミンコフスキー空間」における〈四次元〉であるようにみえる。

しかし一方、特殊相対性理論の難点をのりこえたとされる一般相対性理論もまた、一九一二年、アインシュタイン来日の十年前にはすでに発表されており、貪欲に知の最前線を探索していた賢治がこれをしらなかったはずはないと思われる。少なくともその解説書などには触れて、「宇宙の孔」をも説明しうるあたらしい空間像に想像力を触発されていたはずである。

おそらく賢治の想像力は、石原純が中心的に紹介してきた特殊相対性理論＝「ミンコフスキー空間」の学習を主体としながら、これをつつみこむ一般相対性理論＝「リーマン空間」によってもまた触発されていたと考えるのが、穏当な仮説であるようにわたしには考えられる。この両者は一応異質の発想に起源をもつものであるが、一般相対性理論においても、その空間のそれぞれの点の近傍《まわり》では、すなわちそれぞれの「局所」においては、特殊相対性理論が成り立つものとされている。

ミンコフスキー空間では時間も空間のひとつの次元なのであるから、過去に存在したものも未来に存在するはずのものも、この四次元世界の内部に存在しているものである。たとえば「過去」というものは、上下、左右、前後とならぶもうひとつの〈第四の〉〈方角〉の名称であって、過去に存在したものが現在「ない」と感じられるのは、わたしたちの感じ方の習慣の問題にすぎない。詩集『春と修羅』の難解な『序詩』は、このような考え方につらぬかれている（〈過去とかんずる方角から〉、〈明るい時間の集積のなかで〉等々）。

このような考え方は、賢治に親しいものであった仏教哲学の、有部《う》（説一切有部）の説く〈三世実有《さんぜじつう》〉の説と照応する。三世実有とは、過去も未来も現在とともにこの世界の内部に実在するというとらえ方である。
このように存在しつづける過去を賢治は、わたしたちの世界の内部に、〈透明に集積してゆく時間〉として心に描いた。それはあのりんごの孔《あな》が銀河系宇宙の孔として外部に反転するときのような仕方で、気圏のかなたに一切の過去を保存しながら、明るい地層を累《るい》積《せき》してゆく地質学、——遠心する地質学に他ならなかった。

けれどもこれら新世代沖積世の
巨大に明るい時間の集積……

(『春と修羅・序』)

風が偏倚して過ぎたあとでは
クレオソートを塗つたばかりの電柱や
逞《たくま》しくも起伏する暗黒山陵《あんこくさんりょう》や
(虚空は古めかしい月汞《げっこう》にみち)
研《と》ぎ澄まされた天河石天盤の半月
すべてこんなに錯綜《さくそう》した雲やそらの景観が
すきとほつて巨大な過去になる(32)

(『風の偏倚』)

〈透明なもの〉とはこのようにして、過去というものの存在する仕方、過去の現在する様式に他ならなかった。あるいは時間の中にあるものが、時間それ自体とともに永在する様式であった。

あのプリオシン海岸の長靴をはいた学者が〈証明〉しようとしていたことは、このように過去はありつづけるということ、時間のうちに生起する一切のものは、永在するのだということに他ならなかった。

けれどももちろんこのような〈天空の地質学〉とは、過去が実在しつづけることの目にみえる比喩にすぎない。三次空間の内部にひきもどされた心象のかたちにすぎない。時間がほんとうに第四の次元というかたちで存在するのならば、それはとうぜん、わたしたちがみている三次空間のどこか〈遠方〉などでなく、身近かな空間のすぐ〈裏側〉といったところに、ただ日常の〈感官の遥《はる》かな果《はて》〉にこそあるはずである。『風の偏倚』という今よんだ詩の冒頭に、賢治はのちに

　感官の遥かな果を

という一行を加筆している。この方がはるかに論理的である。

わたしたちがこの〈第四の次元〉をゆくということは、たとえば成層圏その他に向かう三

次空間の内部の移動ではなくて、たとえば現在あるものが〈すきとおってゆく〉ことをとおして、いれかわりに過去や未来の透明な存在たちがありありとここにその姿を現わす、というかたちで、〈感官の遥かな果《はて》〉へと移行することに他ならないだろう。

詩人がユリア、ペムペルと出会うことができるのは、このような感官の地点に歩み入るときである。『小岩井農場』のパート九はつぎのようにはじまっている。

すきとほつてゆれてゐるのは
さつきの剽悍《ひようかん》な四本のさくら
わたくしはそれを知つてゐるけれども
眼にははつきり見てゐない
たしかにわたくしの感官の外《そと》で
つめたい雨がそそいでゐる
（天の微光にさだめなく
うかべる石をわがふめば
おゝユリア　しづくはいとど降りまさり
カシオペーアはめぐり行く）

ユリアがわたくしの左を行く
大きな紺いろの瞳をりんと張つて
ユリアがわたくしの左を行く
ペムペルがわたくしの右にゐる[33]

六行目のつめたい雨も、すでにそのまえのパートから「すきとほる雨のつぶ」である。わたしたちがただひとつの実在と仮定しているものは、すきとおり、すきとおることで詩人の感官の外に置き去られてゆく。詩人はこのとき第四次元の〈透明な軌道〉をすすんでいるからである。かつて詩人が三次空間の化石の中にみた偶蹄《ぐうてい》類の〈足跡〉は、いまや大きな紺色の瞳をりんと張る遠いともだちの生を支える、〈まっ白なすあし〉というたしかな質感をもつものとしてよみがえっている。*

＊　賢治が「イギリス海岸」で遊んで偶蹄類の化石をみたのは、萬田氏の年譜では一九二二年七月頃かとされていて、『小岩井農場』の日付である同年五月二十一日よりも、あとである。しかし『小岩井農場』パート九[34]のこの部分は、他の部分よりあとになって（おそらく翌二三年に）さしかえられたものである。そして同時にこの部分もまた作品世界の内部においては、「小岩井農場」の歩行の旅の一部分である。つまり時間の非可逆性を、作品という行為が正

当にも蹂躪《じゅうりん》している。

賢治の作品の中の〈標本〉が、このような〈化石〉や〈足跡〉と等価のものであることをすでにみてきた。それは洋服の生地の標本などとは異なって、すでにないもの、を現にあるもの、として現前するものであり、賢治の世界に内在していえば、三次空間の世界からその姿を消してしまったものから、わたしたちの感官世界に送られてきた音信であり、第四次元の射影に他ならない。〈透明なもの〉がそうであることとおなじに、〈標本〉もまた、いっそう具体的な仕方で、〈現在〉が歴史を包摂する様式であり、時間をのりこえる様式であった。

〈標本〉が現在(nunc)の中に永遠をよびこむ様式であったように、〈模型〉とはこの場所(hic)の中に無限をつつみこむ様式である。銀河の模型であるようなレンズが体現しているものとは、〈手の中の宇宙〉に他ならなかった。*

* 標本と模型との対比はもちろん相対的で、互換的なものにすぎない。ひとは空間の標本をかんがえることもできるし、時間の模型をつくることもできる。

〈銀河鉄道〉のおわりのところで、世界の存立の秘密を開示する〈黒い帽子をかぶった大人〉がこんなことをいう。

この本をごらん、いゝかい、これは地理と歴史の辞典だよ。この本のこの頁はね、紀元前二千二百年の地理と歴史が書いてある。よくごらん紀元前二千二百年のことでないよ、紀元前二千二百年のころにみんなが考へてゐた地理と歴史といふものが書いてある。だからこの頁一つが一冊の地歴の本にあたるんだ。いゝかい、そしてこの中に書いてあることは紀元前二千二百年ころにはたいてい本統だ。さがすと証拠もぞくぞく出てゐる。けれどもそれが少しどうかなと斯う考へだしてごらん、そら、それは次の頁だよ。紀元前一千年　だいぶ、地理も歴史も変ってるだらう。このときには斯《こ》うなのだ。変な顔をしてはいけない。ぼくたちはぼくたちのからだだって考だって天の川だって汽車だって歴史だってたゞさう感じてゐるのなんだから、(35)

〈天の川だって汽車だって歴史だって〉という。天の川と汽車がこの童話の中で、わたしたちの外部にみられるもののひとつでありながら、しかし同時に、わたしたちがすでにその内部におかれているものである、ということを以前にみてきたけれども、〈歴史〉もまたこれらと同じに二つの顔をもつものである。

そしてこの本は〈歴史の歴史〉の本である。ひとつの〈時〉の内側にすべての過去と未来とがひろがるとすれば、そのような過去や未来のそれぞれの〈時〉の中にも、またそれぞれの過去と未来がひろがるはずであり、そしてまた〈模型〉が象徴するように、ひとつの局所の中に世界の総体が包摂されうるものであるならば、そのような世界の中のひとつひとつの微細な局所にも、またそれぞれの世界が開かれてありうるはずである。それはわたしたちの生きる時間と空間が限られたものであるということに、絶望することには根拠がないということを、開示する世界像である。

「ごらん、そら、インドラの網を。」

私は空を見ました。いまはすっかり青ぞらに変ったその天頂から四方の青白い天末までいちめんはられたインドラのスペクトル製の網、その繊維《せんい》は蜘蛛《くも》のより細く、その組織は菌糸より緻密《ちみつ》に、透明清澄《せいちょう》で黄金で又青く幾億互に交錯し光って顫《ふる》えて燃えました。

「ごらん、そら、風の太鼓《たいこ》。」も一人がぶっつかってあはてゝ遁《に》げながら斯《こ》う云ひました。ほんたうに空のところどころマイナスの太陽ともいふやうに暗く藍《あい》や黄金や緑や灰いろに光り空から陥《お》ちこんだやうになり誰も敲《たた》かないのにちからいっぱい鳴ってゐる、百千のその天の太鼓は鳴ってゐながらそれで少しも鳴ってゐなかったのです。私はそれをあんまり永く見て眼も眩《まぶし》くなりよろよろしました。

「ごらん、蒼孔雀《あおくじやく》を。」さっきの右はじの子供が私と行きすぎるときしづかに斯う云ひました。まことに空のインドラの網のむかふ、数しらず鳴りわたる天鼓のかなたに空一ぱいの不思議な大きな蒼い孔雀が宝石製の尾ばねをひろげかすかにクウクウ鳴きました。その孔雀はたしかに空には居りました。けれども少しも見えなかったのです。たしかに鳴いて居りました。けれども少しも聞えなかったのです。

そして私は本統にもうその三人の天の子供らを見ませんでした。

却《かえ》って私は草穂と風の中に白く倒れてゐる私のかたちをぼんやり思ひ出しました。(36)


『インドラの網』という短篇の結末である。インドラの網(因陀羅網)は、帝釈天《たいしやくてん》(インドラ)の宮殿をおおうといわれる網である。この網の無数の結び目のひとつひとつに宝の珠《たま》があり、これらの珠《たま》のひとつひとつが他のすべての珠を表面に映《うつ》し、そこに映っている珠のひとつひとつがまたそれぞれに、他のすべての珠とそれらの表面に映っているすべての珠とを明らかに映す。このようにしてすべての珠は、重々無尽《むじん》に相映している。

それは空間のかたちとしては、それぞれの〈場所〉がすべての世界を相互に包摂《ほうせつ》し映発し合う様式の模型でもあり、それは時間のかたちとしては、それぞれの〈時〉がすべての過去と未来とを、つまり永遠をその内に包む様式の模型でもあり、そして主体のかたちとしては、それぞれの〈私〉がすべての他者たちを、相互に包摂し映発し合う、そのような世界のあり方の模型でもある。

それは詩人が、〈標本〉と〈模型〉という想像力のメディアをとおして構築しようとこころみていた世界のかたち——ありうる世界の構造の、それじたい色彩あざやかな模型のひとつに他ならなかった。

岩手軽便鉄道

三　銀河の鉄道

——媒体について——

所謂《いわゆる》、鉄の文化の宏大なる業績を、たゞ無差別に殺風景と評し去ることは、多数民衆の感覚を無視した話である。例へば鉄道の如き平板でまた低調な、あらゆる地物を突き退《の》けて進まうとして居るものでも、遠く之《これ》を望んで特殊の壮快が味はひ得るのみならず、土地の人たちの無邪気なる者も、共々にこの平和の攪乱《かくらん》者、煤《すす》と騒音の放散者に対して、感歎の声を惜まなかつたのである。是《これ》が再び見馴《な》れてしまふと、又どういふ気持に変るかは期し難いが、兎《と》に角《かく》にこの島国では処々《ところどころ》の大川を除くの外、斯《こ》ういふ見霞《かす》むやうな一線の光を以て、果も無く人の想像を導いて行くものは無かつたのである(37)。

明治大正期の日本人にとっての鉄道というものの意味を、柳田国男はこのように書いた。

あたらしいひとつの世界がひらけてくるときは、じっさいにひらけてくる世界よりもはるかに以上の世界がひらけてくるもののように、わたしたちは思う。〈銀河鉄道〉のおわりにでてくる〈黒い大きな帽子の大人〉が、つぎのようにいうところがある。

みんながめいめいじぶんの神さまがほんたうの神さまだといふだらう、けれどもお互ほかの神さまを信ずる人たちのしたことでも涙がこぼれるだらう。それからぼくたちの心がいゝとかわるいとか議論するだらう。そして勝負がつかないだらう。けれどももしおまへがほんたうに勉強して実験でちゃんとほんたうの考とうその考とを分けてしまへばその実験の方法さへきまればもう信仰も化学と同じやうになる。(38)

正しい信仰や正しい生き方を弁別する〈実験の方法〉が必ずあるはずだという確信は、近代科学の方法がある時代まで、どのようにその果もなく人の想像を導いて行く力をもったかを物語っている。

ことにこの火山列島の風土の中では自然のうちにみることのなかった、〈見霞むやうな一線の光〉の存在は、はじめてこれを見た時代のひとびとの心のうちに、はるかなものへの幻想をそそってやまないものであったにちがいない。それは沿線一帯の共同体のひとびとにとって、文字どおり異世界に向かう交通の手段《メディア》であった。

現実の社会経済史的な過程では、この見はるかす二本の軌条は、〈ベーリング〉(39)に劣らず幻想の都であった〈東京〉(やその他の小東京)へとつねに収斂していて、封建遺制の支配する村々の共同体のうっくつした青年たちの魂を動員しつづけてきた、近代化日本の幻想装置でもあった。

宮沢賢治自身その生涯のうちで、幾度か熱にうかされたように上京を試みている。けれども東京がすこしもほんとうの〈彼方〉などではないのだということは、そのたびごとの賢治のじっさいの幻滅をまつまでもなく、この時代にはすでにあきらかな事実でもあった。

何となく汽車に乗りたく思ひしのみ
汽車を下りしに
ゆくところなし
(『一握の砂』)

「郷土の先輩」啄木のこの歌はすでに、鉄道が〈異世界への交通手段〉でありつづけるまで、その行く先が東京ではなく、どこか非在の空間でなければならないような地点へと、助走を開始していたことをつげている。
賢治の時代に〈汽車にのること〉は、なお彼方への旅でありつづけるというその象徴価を喪わないままで、それゆえにそれはかえってその現実の終着駅を喪って彷徨を開始していた。

こんなやみよののはらのなかをゆくときは
客車のまどはみんな水族館の窓になる
（乾いたでんしんばしらの列が
せはしく遷つてゐるらしい
きしやは銀河系の玲瓏《れいろう》レンズ
巨きな水素のりんごのなかをかけてゐる）
りんごのなかをはしつてゐる
けれどもここはいつたいどこの停車場《ば》だ(40)

『青森挽歌』の起点のところが、列車の外にありながら同時に内にあるという「銀河鉄道」の起点のところの、反転であることをすでにみてきた。（この停車場は「水いろ川の水いろ駅」である。）

『青森挽歌』のおわりのところはこうなっている。

おまへの武器やあらゆるものは
おまへにくらくおそろしく
まことはたのしくあかるいのだ
《みんなむかしからのきやうだいなのだから
けつしてひとりをいのつてはいけない》
ああ　わたくしはけつしてさうしませんでした
あいつがなくなつてからあとのよるひる
わたくしはただの一どたりと
あいつだけがいいとこに行けばいいと
さういのりはしなかつたとおもひます(41)

〈おまへにくらくおそろしく／まことはたのしくあかるい〉ものこそ、ジョバンニが銀河鉄道の旅のおわりでみることになる石炭袋――〈彼方への孔〉に他ならないことを、わたしたちは、のちにみることになるだろう。《みんなむかしからのきやうだいなのだから》以下が、〈黒い帽子の大人〉の教えでありジョバンニの最後の決意であることはいうまでもない。すなわちそれは、〈二人の世界〉の止揚による愛の解放の思想に他ならない。このようにして、またそのほかの途中のいくつかのエピソードまでも含めて、『青森挽歌』が、『銀河鉄道』のひとつの模型であることがしられる。

　もちろん『銀河鉄道』のいろいろな部分の模型は、のちにとりあげる『薤露《かいろ》青《せい》』などをふくめて他にもいくつかみることができる。

　全体に『銀河鉄道の夜』のオリジナルな形の発想は、一九二三年夏、『青森挽歌』をはじめとする詩群を生みだした旅(「オホーツク挽歌」行)の、幻想次元への投影のごときものとしてその彼方に見出されたものを骨格としつつ、翌二四年夏、『薤露青』を含む一群の詩想をその豊饒な肉付けとして成立したものと考えられる。

　妹とし子の死をうたう「無声慟哭《どうこく》」の章につづいて、「オホーツク挽歌」の章は、つぎの五つの詩篇から成る。『青森挽歌』、『オホーツク挽歌』、『樺太鉄道』、『鈴谷平原』、『噴火湾(ノクターン)』。

　このときの賢治のじっさいの旅の行程は、『校本全集』の年譜によればつぎのようである。一九二三年(大正一二年)七月三十一日花巻駅発。八月一日青森経由、津軽海峡を渡って函館着。さらに札幌から旭川に向かう。八月二日、稚内より樺太(サハリン)大泊行連絡船にのる。八月三日、宗谷海峡を渡り大泊から東海岸沿いに豊原市に向かう。八月四日、栄浜へ、八月七日、鈴谷平原。八月十一日帰途、未明、左に内浦湾(噴火湾)を見る列車で函館、青森に向かう。八月十二日、盛岡より徒歩で花巻に帰る。盛岡から途中で野宿をしたりして花巻まで歩いて帰ったのは、樺太で路銀をすべて使いはたしてしまったからである。青森までの切符は買ってもらい、青森では身の回りのものを売ったりして盛岡まで戻ったという。(42)

あいつはこんなさびしい停車場を
たつたひとりで通つていつたらうか
どこへ行くともわからないその方向を
どの種類の世界へはいるともしれないそのみちを
たつたひとりでさびしくあるいて行つたらうか(43)

『青森挽歌』の車中でのこの一節にもみられるように、この旅が賢治にとって、妹としての存在のゆくえを求める幻想の旅でもあったということはさきにものべた。(44)

とし子の死のその日に賢治を訪れた三つの詩篇、『永訣の朝』、『松の針』、『無声慟哭』から、この「オホーツク挽歌」詩群まで、八カ月以上も詩作の空白期がみられるけれども、この空白の中でわずかに二篇だけ、断片のように詩作が賢治を訪れている。『春と修羅』では「無声慟哭」の章のおわりに付加されている『風林』と『白い鳥』である。

（ああけれどもそのどこかも知れない空間で
光の紐やオーケストラがほんたうにあるのか
…………此処《こご》あ日《ひ》あ永《な》あがくて
　一日《いちにち》のうちの何時《いづ》だがもわがらないで……
ただひときれのおまへからの通信が
いつか汽車のなかでわたくしにとどいただけだ）(45)

この『風林』では、野原の風の中でとし子をおもいだしているだけなのだが、〈時間のない国〉からのただひときれの通信が、いつかの汽車のなかでとどいているということは、このときの旅の賢治にとっての汽車というものが、はじめから異空間への交通手段《メディア》であったということを、二カ月前の日付をもってあらかじめ予告している。*

＊　古代の預言者たちの言語などにはごくふつうにみられる、このような〈過去としての未来〉のあり方はまたそれ自体、賢治の時間性を生きる仕方を物語っている。

『白い鳥』では、柏ばやしの月あかりのなかやすずらんの花のむらがりのなかで、なんべんも死んだ妹の名を呼ぶうちに、かがやいて白くひるがえる白い鳥をみて、「死んだわたくしのいもうとだ」と思う。それはあの日本武尊《やまとたける》が死んだとき、その新しい御陵からまたま飛びたった白い鳥をみて、それが武尊の魂だとおもい、おきさきたちが芦にも足を傷つけながら海べをしたって行ったという故事とかさなる。

そして賢治はほんとうにその二カ月後に、〈極地〉に向かう汽車に乗る。

北へ行く汽車にのることがとし子の存在のゆくえにすこしでも近づくことになどなりはしないということを、科学者賢治が一方で知らないはずはない。けれどもこの愚行を助走しつくすということをとおしてはじめて、異の空間への離陸もまたありえたのだということを、詩人の非意識のもっと大きな〈明晰〉はみていたのだろうと思う。

そしてその旅の帰結は、賢治があらかじめしっていたとおりであった。「オホーツク挽歌」詩群のおわりに、帰途に書かれた『噴火湾（ノクターン）』はつぎのように終る。

駒ケ岳駒ケ岳／暗い金属の雲をかぶつて立つてゐる／そのまつくらな雲のなかに／と

し子がかくされてゐるかもしれない／ああ何べん理智が教へても／私のさびしさはなほらない／わたくしの感じないちがつた空間に／いままでここにあつた現象がうつる／それはあんまりさびしいことだ／(そのさびしいものを死といふのだ)／たとへそのちがつたきらびやかな空間で／とし子がしづかにわらはうと[46]

わたしたちはすでにそのまえの『鈴谷平原』で、旅の極北に立つ詩人をみてきた。

こんやはもう標本をいつぱいもつて
わたくしは宗谷海峡をわたる
だから風の音が汽車のやうだ

それは存在のゆくえを求めるその旅にあって、詩人の乗り継ぐべき鉄道がもはや、風の、鉄道でしかありえないことを予告している。

永久におまえたちは地を這ふがいい

詩人の幻想は旧約聖書風のこのような呪詛のことばを吐き捨てて、「上方とよぶその不可思議の方角へ」向かう鉄道にのりうつる。

このようにして「銀河鉄道」は、解き放たれた挽歌行である。もはや蒸気の力ではなく、つまり「科学」の力ではなく、あらかじめ重力の法則がその効力をもつことのできない、もうひとつの力で走る汽車である。

前年の『小岩井農場』の旅が、その長い歩行による助走のあとに、ついにその第九のパートに至って、道ははっきりと第四次元の〈透明な軌道〉の方へと曲ったように、「オホーツク挽歌」の旅もまた、その長い助走のあとで、鉄道は異の空間の内部に方向をとることとなる。（賢治にとって〈歩くということ〉が、いつでも第四次元への離陸の助走であったとおなじに、少なくとも北へ行くときの〈汽車にのること〉も、おなじ離陸への強力な助走であった。）

けれどもこのときの旅で詩人が得たものはまだいくつかの〈標本〉であって、これらの標本を全面的に展開し賦活することは、詩人のその後の生涯を賭けてなお余りのある仕事となった。

〈鉄道〉が想像力の解放のメディアであったということを、わたしたちはこの節のはじめにみてきた。けれどもこの解放のメディアが同時に、幻想の都〈東京〉に向けて、つまり近代資本制国家の興隆という物神《レビアタン》に向けて、津々浦々の共同体の想像力を収束し収奪してゆく権力の装置でもあったということをもみてきた。『銀河鉄道の夜』の賢治はこの鉄道の軌条を転轍することによって、現実のような幻想である〈東京〉の閉空間から、幻想のような現実である〈宇宙〉の開空間へとゆくてを解き放つ。それはこの鉄道による想像力の解、、、放の解放であった。

四　『銀河鉄道の夜』の構造

――宮沢賢治の四つの象限――

『銀河鉄道の夜』という童話は、すでにみたように一九二三―二四年にその原型が発想されてからのちも、賢治の全生涯にわたって何回となく手を加えられ、書きかえられてきた。*

*　その詳細は、『校本全集』の第九巻、第十巻に、天沢、入沢両氏の手によって百ページ以上にわたって、あとづけられている。(47)

最大の変化は、『校本全集』第九巻に「〔初期形〕」として収録された「第三次稿」と、第十巻の形とのあいだにみられる。

「初期形」ではのちの第四章となる「ケンタウル祭の夜」からはじまっていて、廃棄されたと思われる五枚分の原稿の痕跡*などから判断すると、ジョバンニの「銀河鉄道の旅」の全体が、ブルカニロ博士の「実験」の内容であり、博士はジョバンニの夢の中にもその分身を現わして世界の存立の構造を解き明かすのである。

＊　現行の文庫本などで、ジョバンニが銀河鉄道にのりうつる直前のところ、「……(この間原稿五枚ナシ)……」となっている次のところで、「そのそらはひる先生の言ったような」と書かれている個所は、初期形の原稿においては、「そこは博士の云ったやうな」であった。つまりこの廃棄された五枚の中で、ブルカニロ博士が出現していて、末尾にまた近づいてくる「あのブルカニロ博士」の挿話と呼応していたと考えられる。

〔後期形〕ではこれにたいして、ブルカニロ博士は姿を消しており、夢の中でのその分身の〈黒い帽子の大人〉もまた姿を消しており、その代わりに一、二、三章、つまり「午后の授業」、「活版所」、ジョバンニの母親の住む「家」の三章がつけ加えられ、またおわりには、夢からさめたジョバンニが丘をかけ下りて、もういちど現実世界で出会ういくつかの挿話が書き加えられている。

ブルカニロ博士とその分身とは、これまでにもみてきたように、賢治の思想を知るうえで興味深いけれども、ここでは賢治が最終的にえらんだかたちを主として考えてみることにしよう。

この童話はその全体が、星祭りの夜の物語である。それはこの星祭り＝「銀河の祭り」という主題をめぐって、はっきりと三つの部分に分かれる。

第一の部分において、主人公である少年ジョバンニはいわば〈祭りの外に〉いる。町は祭りに華やいでいる。ジョバンニの友だちはみんなつれだって「烏瓜《からすうり》ながし」に行こうとしている。ジョバンニはひとり貧しく、母親は病気でねていて、父親は北方の監獄にいて帰ってこないといううわささえある。友だちはみんなジョバンニのうしろの方で冷たくすりと笑っているようだ。

第二の部分でこのジョバンニは、一気に〈祭りの軸〉にかけのぼる。孤独にたえかねてジョバンニが町のはずれの丘をかけあがり、天と地を結ぶ「天気輪の柱」のところで草にたおれると、その夜の祭りの軸である銀河それ自体の中にいる自分を思い出す。

そして第三の部分でジョバンニは、この自己浄化、自己聖化を媒介として、はじめて〈祭りの中に〉降り立つ。

〈祭〉が一般に共同体の表徴としてあることはよくしられているから、それはひとびとの共同体から疎外されたひとりの少年が、孤独のきわみの幻想の中で、共同体の軸そのものへと一気に自己を昇華し、浄化し、聖化することを媒介として、共同体のただ中にふたたび降り立つという構造をもっている。

このようにこの物語はまず、上昇し、下降する物語である。

この物語の本体をなす第二の部分の、銀河と鉄道というふたつの主題が、第一の部分においてあらかじめ、それぞれの〈模型〉のかたちで予示されているということをすでにみてきた。フロイトをふくむあらゆる夢の理論は、夢が現実の圧縮された模型であったり予兆であることを示そうとするが、ここでは反対に現実の中に夢の予兆があらわれる。そのことはたぶん賢治にとって、夢が現実にすこしもおとらぬ現実であったということと関わるだろう。

にもかかわらず、そして同時に、第二の部分の夢の全体は、第三の部分からあとにひろがるジョバンニの〈本統の世界〉の生の、ふたたび模型であり予兆でもある。

「僕はもうあのさそりのやうにほんたうにみんなの幸のためならば僕のからだなんか百ぺん灼いてもかまはない。」「きっとみんなのほんたうのさいはいをさがしに行く。」[48]

このような銀河鉄道の終結の部分の「誓い」は、初期形ではもっと「しつこく」、夢からさめる直前にもくりかえされる。それらはこの夢の総体をひとつの「意味」へと集約しながら、地上の現実の生涯のための規範としてもちかえろうとすることばである。

〈自己犠牲〉によって完結するカムパネルラのみじかい生は、ジョバンニのその後の生涯の範例であり予告であること、――「グスコーブドリ」でもあるかもしれないその地上的な生涯の物語のための、鮮烈に単純化された〈模型〉にちがいないことを、この物語の結末は、作品の外部に向って延長する時間のうちに展望している。*

* 宮沢賢治の四つの長篇童話のあいだには、作者によってある連環がかんがえられていたらしいことを、天沢退二郎が考証している。(49) すなわち賢治の歌稿余白や文語詩下書稿の余白に、

ポラーノの広場
風野又三郎
銀河ステーション
グスコーブドリの伝記

あるいは

長篇（ポラン
風野
銀河
グスコ

などとあるメモが発見されている。(50)

たとえば『ポラーノの広場』の物語は九月一日の話でおわるが、それはまた『風の又三郎』の物語のはじまる日付でもある。等々。それほど「固い」構成ではなかったと思うけれども、『銀河鉄道』が漠然と『グスコーブドリ』に先駆し、これに引きつがれたものと表象されていたことは充分考えられる。なおもうひとつ

　　ポランの広場／銀河鉄道／風野又三郎／グス——伝記、下書直シ。

というメモもあり、[51] ここでは順序が少し変るが、あまり横道に深入りすることになるのでこのことの検討は省く。

その〈後期形〉でつけくわえられた結末のなかで、ジョバンニが〈一さんに丘を走って下りる〉のは、「まだ夕ごはんをたべないで待ってゐるお母さんのことが胸いっぱいに思ひだされた」からである。宮沢賢治の現実の生がくりかえしそうであったとおなじに、ジョバンニは天空の彼方に自己の解放を完結させることをえらばず、地上へ、人びとのなかへと戻る。

しかもジョバンニが現実の丘をかけ下りるとき、少年と世界の関わりをひたす感情の色調のようなものは、第一部とは百八十度の転回をすでにとげている。カムパネルラの死がひとびとをひとつにしていて、第一部では冷たいことばを投げてさっさと行ってしまった友人たちも、ジョバンニに「走り寄って」きて話しかける。とりつくしまのなかった牛乳屋にもいまは親切な男の人がいて、母親の待つ〈熱い牛乳〉がジョバンニの手の中にある。帰ってこないかもしれなかった父親は元気に帰っていることがわかる。あるいは明日には帰るはずである。そしてジョバンニは「みんなといっしょに」、明日はカムパネルラの父親の家に招かれている。

童話と民話と神話との特権であるあの構図の徹底した単純化（うまくいくときはなんでもうまくいく！）ということが、躊躇《ちゅうちょ》なく貫徹されている。このばあいそれはひとつの、否定性から肯定性へ、あるいは自分と世界とのかかわりの質の、〈冷たさ〉から〈暖かさ〉への転回である。牛乳屋の人が変わること、父親が帰ってくることなどは、物語《ストーリー》自体の中には何の根拠ももつことのない、まったく強引な挿話であるだけに一層、この〈色調〉の転回というモチーフは鮮明である。

このようにしてこの物語は、〈幻想の回路をとおしての自己転回〉の物語である。すなわちそれは上昇し／下降する物語であるばかりでなく、ひとつの転回の物語である。上昇し／下降する運動がそれじたいとして転回であるわけはないから、それがひとつの救済でありえたとすれば、じつはこの〈幻想〉の回路の内部で、すでに移行が――否定性から肯定性への転回が――あったからである。

そして転回とはいうまでもなく、ジョバンニがカムパネルラという具体的な〈対への愛〉を、獲得し、そして喪失するということをとおして、開かれた〈存在への愛〉に向って押し出されてしまったことにある。

だからジョバンニはこの幻想の内部ですでに、あらかじめ〈祭りの中に〉いたのだ。――ほんとうはかれが〈祭りの中に〉いたのは、この幻想の世界の内部でだけである。銀河鉄道の至福の中で、ジョバンニはたしかに色彩あざやかな〈銀河の祭り〉のひかりの中にいた。ジョバンニが現実の丘をかけおりたとき、烏瓜の燈籠流しはもう終わっていて、ただその祭りの余韻の熱気を急激に凝固したもののように、「水死事件」を語り合うひとびとの影絵の群れがかたまって立つだけであった。

　それはジョバンニがカムパネルラと、つまりこの〈共に行く者〉と、ついにいちども現実には共に行くことがなかったということと対応している。第一部ではうしろ姿のカムパネルラ、第二部では幻想のカムパネルラ、第三部では、死んだカムパネルラ。ジョバンニはカムパネルラの不在をめぐる。そのようにジョバンニはまた、現実の町の星祭りの不在をめぐる。第一部ではこの祭りの外に、第二部ではこの祭りの上に、第三部ではこの祭りのあとに。

　不在をめぐるからむなしいということではない。カムパネルラも町の祭りも、まさしくそれらの不在をとおして、つまりそのエッセンスへと純化されていることをとおして、ジョバンニにあの転回をもたらす力をもつことができた。

　その転回とはすでにみたように、〈世界〉の外にあることから〈世界〉の内にあることへの転回ともいうべきものである。ここで〈世界〉とは、わたしたちが現実の「世界」とかんがえているものを数かぎりなくその内に含む、存在の地の部分のごときものである。*

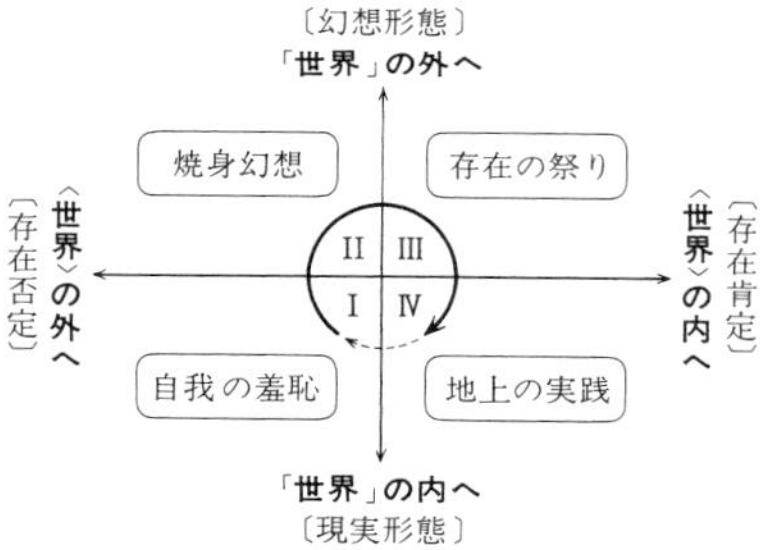

＊〈世界〉と「世界」の区別については、第三章で展開されるはずである。

このようにこの物語は、交叉する二つの軸をもつことがわかる。第一の軸は、**幻想形態と現実形態**、つまり「世界」の外にあることと、「世界」の内にあることという軸であり、第二の軸は、**存在否定と存在肯定**、つまり〈世界〉の外にあることと、〈世界〉の内にあることという軸である。二つの軸の関係は図のとおりである。

『銀河鉄道の夜』という物語自体の動きは、図の中の太い優弧の矢印のように、第一の軸を上昇し下降しながら、このことを媒介として第二の軸を移行してゆく。

そしてこの二つの軸の定義する四つの象限――I〈**自我の羞恥**〉、II〈**焼身幻想**〉、III〈**存在の祭り**〉、IV〈**地上の実践**〉は、そのまま賢治の全作品と全生涯をとおしてくりかえし現われる四つの原主題、――詩想も倫理も信仰も実践もすべてくりかえしそこに回帰しまたそこを出発してゆく原的な主題の連環に他ならない。

たとえばI〈**自我の羞恥**〉、あるいは生きることの原罪ともいうべき主題は、『銀河鉄道』

第一部の基調をなすばかりでなく、『よだかの星』、『なめとこ山の熊』、『鳥の北斗七星』、あるいは『ビヂテリアン大祭』のような童話、『復活の前』や『花椰菜《やさい》』のような断片、『春と修羅』や『業の花びら』をはじめ多くの詩篇に共通する主題であった。わたしたちはこの本の第一章において、この主題を追求してみたいと思う。

またII〈**焼身幻想**〉ともいうべき過激な自己否定への願望は、「さそりの火」の挿話を含む『銀河鉄道』第二部の第一の主題であるばかりでなく、『復活の前』の断片をはじめ、『よだかの星』、『なめとこ山の熊』から『グスコーブドリの伝記』にいたる、賢治の生涯をつらぬく鮮烈な強迫観念《オブセッション》であった。わたしたちはこの本の第二章において、この主題を検討してみたいと思う。

III〈**存在の祭りの中へ**〉ともいうべき主題は、『銀河鉄道』第二部の第二の主題であるばかりでなく、『鹿踊りのはじまり』、『かしはばやしの夜』、『なめとこ山の熊』、あるいは『いてふの実』、『おきなぐさ』などの童話、『小岩井農場』やもっと美しいたくさんの詩篇を含めて、賢治のほとんどすべての作品の最も魅惑的な霊感の源泉に他ならなかった。わたしたちはこの本の第三章において、この主題を追求してみたいと思う。

IV〈**地上の実践**〉についてはもちろんいうまでもない。法華経と国柱会から農学校教師としての試行へ、「羅須地人協会」と厖大な技術者としての実践へ、賢治の思考は、いつも幻想の領域において獲得された救済を、必ずこの「世界」の内部で具体的に実現することに向けてくりかえし下降しようとしていた。わたしたちはこの本の第四章において、この主題を検討してみたいと思う。

そしてまたこれらの主題が、相互にそのつぎのものへと賢治をおくり出し、わたしたち自身をもまたおくり出す構造をもっていることも、これからみていくことになるだろう。『業の花びら』における詩人が、神々の名を録《しる》したことからはげしく寒くふるえねばならなかったように、第Ⅳの主題である〈地上の実践〉は、それ自体またあたらしく鮮烈に第Ⅰの主題、〈自我の羞恥〉の源泉でもある。

それらはひとつの作品やあるいはひとつの生涯のなかで、ただいちどだけ進行して完結してしまうという主題の連続ではない。それらの主題は、こんにちもなお、どのような思想によっても解決しつくされているということはないし、もしわたしたちがそれらの問いを問おうとしないなら、必ずそれらの問いの方からやってきてわたしたちを問いつづけるような、そのような本質的な問いの環に他ならないからである。

第一章　自我という罪

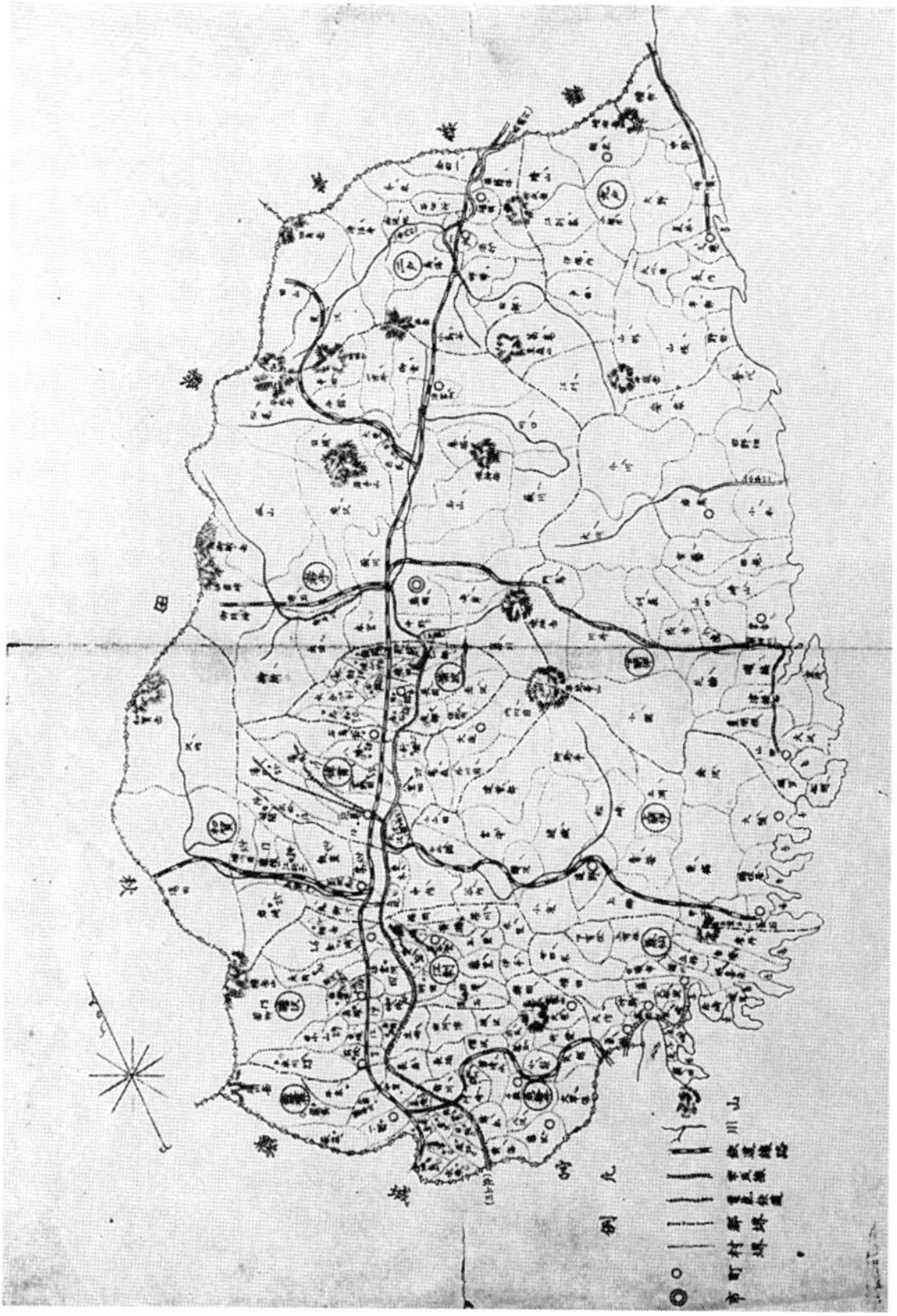

賢治の書き込んだ岩手県市町村分図

一　黒い男と黒い雲
——自我はひとつの現象である——

わたくしといふ現象は
仮定された有機交流電燈の
ひとつの青い照明です(1)

宮沢賢治が生前に刊行したただひとつの詩集である『春と修羅』の序は、〈わたくしといふ現象は〉ということばではじまっている。自我というもの、あるいは正確にいうならば自我ということが、実体のないひとつの現象であるという現代哲学のテーゼを、賢治は一九二〇年代に明確に意識し、そして感覚していた。

賢治はその作品の文体や構成自体からもしられるように、主体の問題に敏感な詩人であった。（あるいは過剰に敏感な詩人であった。）そしてこのことは詩人としての賢治ばかりでなく、信仰者として、実践者として、生活者としての賢治をつらぬいて、その存在の原質のごとき資質としてあった。

けれどもそれは、主体性論者や実存主義者のように「主体」の存在のたしかさを前提して強調する敏感さではなく、むしろ「主体」の存在のあやうさに向けられた敏感さであった。すなわちまさしく主体の問題に向けられた敏感さであった。

『春と修羅』中の長篇『小岩井農場』を分析しながら、天沢退二郎はそこに賢治の「二つのオブセッション」[*]をみている。ひとつは〈雨のオブセッション〉、もうひとつは〈黒い男のオブセッション〉である。(2)

＊ オブセッション――強迫観念。つきまとう想念。心像。固定観念。

たむぼりんも遠くのそらで鳴つてるし
雨はけふはだいじやうぶふらない

『小岩井農場』パート二はこのようにはじまっている。五月の風景の中でのとつぜんの雨の想念の出現は、詩人の「下意識での雨の恐怖・驚異を表出している」と天沢はいう。

この、彷徨者にとっての雨のオブセッションは詩人の存立原理の深みにかかわっている。野原に限らず町でもどこでも、よるべない土地をひとり行く徒歩旅行者に雨はつねに恐怖をよばずにいない。いちめん降りおちてくる雨は彼にとってじつに全体的なるものそのものの圧倒的な浸潤であり、その浸潤に対していかなる抵抗も無益なままに、やがて全身をそれら「全体」の無言の言葉のむれに侵しつくされざるをえないからであり、さらにその浸潤はまさしく死をひとすじにみちびくものだからである(3)。

賢治は学生時代から「一人でふらりと」岩手山へ登ることも多く、そこでしばしば雨に降られたことは想像に難くなく、「事実、同級生高橋秀松は賢治と岩手山麓のメノー山で雷雨にあい、骨の髄までぬれた思い出を記している(4)」。

じっさいにこの北国の冷い〈雨〉は、身体のあまり丈夫ではなかった賢治の肺を確実に浸潤し、やがてその現実の死へとみちびくことになる力でもあった。〈雨ニモマケヌ〉身体をもつということがどのようにこの歩行する詩人にとってその生涯の願望でありつづけたかということは、晩年のよく知られすぎた手帳のメモからもあきらかである。

『小岩井農場』の歩行においても、賢治のじぶんにいいきかせるような否定断言にもかかわらず、すでにみたようにパート七ではもうすきとおる雨が降っていて、パート九では詩人はすでに全面的にこの雨に浸潤された風景を歩む。そしてこの雨に、詩人が何よりも恐れていたこの雨に浸潤されつくした空間の中ではじめて、詩人はこの歩行の旅で真に求めていたものを手に入れることができる。すなわちユリア、ペムペルと、〈わたくしの遠いともだち〉と出会うのだということを、わたしたちはすでにみてきた。

おまへの武器やあらゆるものは
おまへにくらくおそろしく
まことはたのしくあかるいのだ(5)

この逆説のもつ意味に、わたしたちは、くりかえしたちかえってくることになるだろう。けだしこの〈雨〉のもつ両義性は、〈自我〉の両義性の裏に他ならないからである。だから天沢のいうように、『小岩井農場』の詩人は途中で逃げかえったのだということも、あるいはわたしがそうおもうように、到達すべきものに到達して引返したのだということも、どちらも事実なのだ。

『風の又三郎』のさいかち淵の雨や、『ガドルフの百合』の夜半の豪雨にふれて天沢がみているように、雨は詩人の自我をその彼方へ連れ去る全的で圧倒的な力の表徴に他ならなかった。そしてこのような〈雨〉の恐怖と驚異とは、宮沢賢治の、風景に浸潤されやすい自我、解体されやすい自我の不安と恍惚の、さかだちした影に他ならなかった。

それでは〈黒い男〉とはなにか？

『小岩井農場』自体の中では、これもまた五月の風景の中にまったく忽然とその姿を現わす。

　　うしろから五月のいまごろ
　　黒いながいオーヴァを着た
　　医者らしいものがやつてくる
　　たびたびこつちをみてゐるやうだ
　　それは一本みちを行くときに
　　ごくありふれたことなのだ[6]

〈ごくありふれたことなのだ〉というように、賢治がひとりで歩いているときは、実在するようなしないような視線にしばしばつきまとわれる。

工夫《こうふ》がうしろからいそいで通りこす。横目でこっちを見ながら行く。少し冷笑してゐるらしい。それでもずんずん行ってしまふ。万法流転。流れと早さ。も一人あとから誰か来る。うしろから手帳をのぞき込まふとするのか。それでも一向差支へはない。やっぱり工夫だ。ところが向ふのあの人は工夫ではなかったんだな。大工か何かだったな、どてをのぼって草をこいで行ってしまふ。(7)

『山地の稜』という断片の一節である。この断片はつぎのようにはじまっている。「高橋吉郎が今朝は殊に小さくて青じろく少しけげんさうにこっちを見てゐる。清原も見てゐる。……」〈私〉はこれらのけげんそうな視線をのがれて、ひとりになりたい。ひとりで歩きたい。けれども歩いて行っても行っても、つぎからつぎへと、さまざまな視線につきまとわれるのである。

『小岩井農場』で黒い男が出現するのは、詩人がひばりの鳴くこえを聞きわけているときである。このことは偶然のようにみえるけれども、ほんとうはこのひばりの声こそがここでは黒い男を出現させているのだ。

ひばり　ひばり

銀の微塵《みじん》のちらばるそらへ
たつたいまのぼつたひばりなのだ
くろくてすばやくきんいろだ
そらでやる Brownian movement
おまけにあいつの翅《はね》ときたら
甲虫《かぶとむし》のやうに四まいある
飴《あめ》いろのやつと硬い漆《うるし》ぬりの方と
たしかに二重《ふたえ》にもつてゐる
よほど上手に鳴いてゐる
そらのひかりを呑みこんでゐる
光波のために溺れてゐる
もちろんずつと遠くでは
もつとたくさんないてゐる
そいつのはうははいけいだ
向ふからはこつちのやつがひどく勇敢に見える
うしろから五月のいまごろ

黒いながいオーヴアを着た
医者らしいものがやつてくる
たびたびこつちをみてゐるやうだ
それは一本みちを行くときに
ごくありふれたことなのだ(8)

銀の微塵《みじん》のちらばるそらへたったいまのぼったひばりが、〈よほど上手に鳴いてゐる〉。もちろんずっと遠くではもっとたくさんないている。〈そいつのはうはいけいだ。〉そして〈向ふからはこつちのやつがひどく勇敢に見える〉。のちに賢治はこの一行に手を入れて、〈そこで向ふの方からは／こつちのやつがごく勇敢に見えるのだらう〉と二行にしている。(9)つまりこれまで背景であった〈遠くのひばり〉に、視線がうつってこっちを見かえす、このような視線の転回する瞬間に、〈黒い男〉は忽然と現われるのだ。

「パート四」でも〈黒い男〉はでてくるが、それはどこかの建物をまがって消えるときである。そして「パート七」になって、もういちど黒い男は現われる。それは詩人と立ち話をする農夫の爺さんが、〈なにか向ふを畏れてゐる／ひじやうに恐ろしくひどいことが／そつちにあるとおもつてゐる〉このように詩人がかんじるときである。その〈向ふ〉、はたけのおわりの天末線《スカイライン》には、猫背でせいの高い、くろい外套の男が、雨雲に銃を構えて立っている。爺さんが恐れているのは、あの男が急に鉄砲をこちらへ向けることなのだろうかと、〈わたくし〉はかんがえている。

つまり透明な主体の視界のはてるところに、このような主体の視界の透明をおびやかす他者のまなざしとして、〈私〉を対象化する他者のまなざしとして、〈黒い男〉は現われる。第一のオブセッションが、風景に浸潤される自我の恐怖の投影であったとすれば、第二のオブセッションはまた、視線に侵犯される自我の恐怖の投影に他ならなかった。

それらは透明な主体としての自我という、近代世界の固定観念《オブセッション》を追求しぬいた哲学者たちが、その究極の限界として見出さねばならなかった二つのもの、すなわち死と他者との影に他ならない。自我をその四囲から限界づけながら、最終的には、自我を必ずその中に解体してしまう二つの力。物と他者。

第一のオブセッションが死にいたる身体をとおして主体を容赦なく解体する力としての自然の表徴であったように、第二のオブセッションはまた、主体の透明な絶対性を一挙に破砕する力を秘めた「銃口」としての他者のまなざしの表徴に他ならなかった。

あるいはこれら二つの淵への容赦なく鋭い自意識の影に他ならなかった。

天沢自身は、これら二つのオブセッションの相違にはあまり関心をもたず、結局は同一のものを示すと考えているようであるが、黒い男の視線ではなく黒というシンボリズムに着目すれば、このようなとらえ方もまた根拠をもつものであることがわかる。

この男の着ているオーヴァ(イムバネス)の黒という色には主題としての必然性がある。

『風の又三郎』のさいかち淵の挿話であの問題の豪雨が降り出すすこし前、三郎ひとり「向ふの雲の峰の上を通る黒い鳥を見てゐました」というくだりのあの黒い鳥のイメージを夕立の潜在的指標たらしめたのも、同じ黒という色のあざやかな力である。[10]

『かしはばやしの夜』のおわりでは、反対に夜が収束して去ってゆくときに、〈黒い犬のやうな形の雲〉がかけて行くのを清作は見る。[11]

主体の透明なまなざしのはてに、つまり「視界のはて」に現われる一点の黒。存在の「孔《あな》」。

それは、主体の意志にかかわりなしにぐんぐん近づいてきて、やがて天空いっぱいをおおう雨雲となることもあれば、地上の一本道をずんずん近づいてくる黒い外套の男であったりすることもある。黒い外套の男は雨雲の化身であったかも知れないし、雨雲はまた黒い外套の男の化身であるかもしれない。

物と他者とが、〈現象としての自我〉を支えるものでありながら、同時にまた最終的には自我をその中に解体しつくすものでもあるという二重の意味で、それらは自我の限界に他ならないからである。

〈わたくしといふ現象〉の青い照明をたえず四囲からおびやかしている黒い闇、このような闇の芽として、黒い男と黒い雲はあった。

二　目の赤い鷺

——自我はひとつの関係である——

夜の湿気と風がさびしくいりまじり
松ややなぎの林はくろく
そらには暗い業《ごう》の花びらがいっぱいで
わたくしは神々の名を録《しる》したことから
はげしく寒くふるえてゐる(12)

『業の花びら』の名でしられてきた詩篇である。「且てこのやうな詩を作った人もなく、又このやうなすさまじい諦念を体認した人もありません。彼の苦悩には近代的なニヒリズムの浅薄さと安価さがありません。」吉本隆明はこのようにこの詩を評した。(13)

そしてこのおなじ日付けの「異稿」もまた比較的よくしられてきた。

夜の湿気が風とさびしくいりまじり
松やなぎの林はくろく
空には暗い業の花びらがいっぱいで
わたくしは神々の名を録したことから
はげしく寒くふるえてゐる
ああ誰か来てわたくしに云へ
億の巨匠が並んで生れ
しかも互ひに相犯さない
明るい世界はかならず来ると
　　　……遠くでさぎがないてゐる
　　　　夜どほし赤い眼を燃して
　　　　つめたい沼に立ち通すのか……
松並木から雫《しずく》が降り
わづかのさびしい星群が
西で雲から洗はれて

その偶然な二っつが
黄いろな芒《すすき》を結んだり
残りの巨きな草穂の影が
ぼんやり白くうごいたりする(14)

「異稿」はこの詩篇の何回となく書きかえられた下書きのうちの、ある時期にいったん成立したかたちであった(15)。

作者がおそらくその死の床でおこなった手入れにおいて、六行目以下を断ちおとすことをとおして、この詩はひとつの、到達し難い普遍性を獲得した〈作品〉として虚空に放たれることとなる。

けれども「異稿」の十四行をふくめた全体の詩句もまた、凝縮度の高さはともかく、いくつもの鮮明なイメージの交錯する複雑な作品世界として存立している。とりわけこの「異稿」に固有の空間に奥行きをもたらしている眼の赤い鷺、夜どおし赤い眼を燃してつめたい沼に立ち通す鷺の心象は、忘れ難く鮮烈である。

梅原猛や紀野一義はこの鷺を賢治自身としている(16)。それは結局正しいと言えるけれども、この鷺はどのような意味でこの作者自身であるのか。なぜこの鷺は、つまり作者は、作者自身から〈遠いところで〉啼《な》いているのか？

賢治が少年のころの歌には、

風さむき岩手のやまにわれらいま校歌をうたふ先生もうたふ[17]

といったあどけない、どの十五歳の少年でも作文しそうな歌とまじって、つぎのような異様な感覚をもったいくつかの歌がみられる。

うしろよりにらむものありうしろよりわれらをにらむ青きものあり
ブリキ罐がはらだたしげにわれをにらむつめたき冬の夕暮のこと[18]
西ぞらのきんの一つ目うらめしくわれをながめてつとしづむなり

賢治にとって世界ははじめから眼にみちた空間であった。〈黒い男〉のオブセッションをめぐって前節でみてきたような、〈みられている自我〉の感覚は、賢治が諸々の思想や理論にふれる以前の、ほとんど体質的に固有のものであったと思われる。

そのまなざしはこのような黒いかわいい幽霊となることもある。『うろこ雲』という初期の断片の一節である。

アカシャの梢に綿雲が一杯にかゝる。
そのはらわたの鈍い月光の虹、それから小学校の窓ガラスがさびしく光りひるま算術に立たされた子供の小さな執念が可愛い黒い幽霊になってぢっと窓から外を眺めてゐる[19]。

小学校のころの賢治のともだちの回想によれば、罰として水をいっぱい入れたボールをもったまま立たされていたクラス・メートに、賢治は同情してあっというまに、そのボールの水をのみほしてしまったりした。けがをした友人がいると自分のことのように痛がったという。このような挿話は通俗にすぎるがゆえにかえって反発をかうところでもあるが、このように賢治において生きられる間身体性こそは、かえって賢治の現代性を、その身体自体の水準において支えていた資質でもあったはずである。賢治にとってこれらの級友は〈自己であるような他者〉である。意識においてそうであるまえに、非意識において、つまり身体においてそうなのだ。

海がこんなに青いのに
わたくしがまだとし子のことを考へてゐると
なぜおまへはそんなにひとりばかりの妹を
悼んでゐるかと遠いひとびとの表情が言ひ
またわたくしのなかでいふ[20]

わたくしとし子の関わりのとざされかたを批判する〈遠いひとびと〉の声はたしかに、賢治自身の意識の投影でもあるけれども、この自己意識はまたそれ自体、現実の〈遠いひとびと〉の表情の中にその根をもっている。

このようにして〈遠いひとびと〉——直接的な関係性の〈外からの声〉は、直接的な関係性を批判する客観性として、ある種の〈倫理性〉ともいうべき奥行きのある空間を、自我の内部に存立せしめてしまうことになる。

このようにして、自我はひとつの複合体である。〈わたくしという現象〉は、あの黒いかわいい幽霊たちもふくめて、あらゆる透明な声やまなざしの複合体である。

わたくしといふ現象は
仮定された有機交流電燈の
ひとつの青い照明です
（あらゆる透明な幽霊の複合体[21]）

このような複合体としての自我の、すなわち主体の複数性としての自我の、賢治におけるそのきわだって透明なあり方ともいうべきものは、賢治の文体や作品構成や作品形成の過程の特質としてしばしば注目されてきたものの、共通の源泉をもなしている。

作品内部についていうならば、益田勝実らの指摘するような、賢治の話法や想像の起点における〈主体転換の並外れた自由さ〉、——語り手の多重構造や視点の自在な移動性など[22]がこのことに由来することはいうまでもない。

作品自体の成立の過程についていえば、入沢康夫や天沢退二郎の強調するような、賢治の作品の推敲過程の独自性、固有のラディカルな終ることのない書き直しの累積というスタイル[23]もまた、このことをひとつの前提としているのだろう。それは入沢のいうように、「普通に考えられる推敲《すいこう》とは歴然と異って」いて、作品自体をその都度危機にさえたたきこむほどの〈自己否定的脱出〉のくりかえしである[24]。それは現実の他者の視点がつぎつぎとまたあたらしく作者の内部に棲まうからばかりではなく、同時にまた、〈作品〉がそれじたいとしてまたあたらしく作者に対峙するような〈他者〉を増殖してゆくからでもある。

作品内部の特質としての〈主体変換の自在さ〉もまた、このような作品自体の存立の危機、と表裏のものとしてあっただろうし、このような〈危機〉のたえざる露呈とその〈作品〉の内部への再捕獲とは、たとえば詩の中の段落下げや括弧内、二重括弧内などの詩句として表出されながら、作品世界を多層化し豊饒化する契機として定着している。――生き残った作品についていえば。〈そのこと決死のわざ〉なのである。

〈眼の赤い鷺〉もまたこのような詩行の陥没のうちにその姿を現わす。

『業の花びら』は一九二四年(大正一三年)十月五日の日付をもっているが、『春と修羅』第二集には、周知のようにこのおなじ日付をもったもう一篇の詩篇がみられる。

　　　産業組合青年会
　祀《まつ》られざるも神には神の身土があると
　あざけるやうなうつろな声で
　さう云ったのはいったい誰だ　席をわたったそれは誰だ
　……雪をはらんだつめたい雨が

　　闇をぴしぴし縫ってゐる……
まことの道は
誰が云ったの行ったの
さういふ風のものでない
祭祀の有無を是非するならば
卑賤の神のその名にさへもふさはぬと
応《こた》へたものはいったい何だ　いきまき応へたそれは何だ
　……ときどき遠いわだちの跡で
　　水がかすかにひかるのは
　　東に畳《たた》む夜中の雲の
　　わづかに青い燐光による……
部落部落の小組合が
ハムをつくり羊毛を織り医薬を頒《わか》ち
村ごとのまたその聯合《れんごう》の大きなものが
山地の肩をひとところ砕《くだ》いて
石灰岩末の幾千車かを

酸《す》えた野原にそゝいだり
ゴムから靴を鋳《い》たりもしやう
……くろく沈んだ並木のはてで
見えるともない遠くの町が
ぼんやり赤い火照りをあげる……
しかもこれら熱誠有為な村々の処士会同の夜半
祀られざるも神には神の身土があると
老いて咳《つぶや》くそれは誰だ(25)

この二篇は一見したところ、まったく異質の詩世界をもった作品であるかにみえる。一方はあかるい灯火の下の〈熱誠有為な村々の処士会同の〉席上であり、他方はこの会同を囲《い》繞《じょう》していた闇の奥深くに立った詩人のみたものであった。

けれども同時に、『産業組合青年会』という詩篇の真の主題が、この実務的な会同の論議の〈外からの声〉であることもまたあきらかである。〈祀られざるも神には神の身土があぁる〉と、あざけるようなうつろな声でつぶやいたのは、もし仮にこの会同の現実の出席者のひとりであったとしても、それはもちろんこの会同の論議にとっては〈外からの声〉〈遠くからの声〉なのであり、もともと会場を囲繞する闇の彼方からの声なのであった。

このようにしてこの肌合いを異にする二篇の詩篇の、かくされた同型性はあきらかである。それらは共にこの〈彼方からの声〉と、その声によってひとつの〈業〉として呪い返された世界の不安の客観性とを主題としている。客観性、というのは、それらの根源的な不安が、〈わたし〉や〈われわれ〉の主観の外からやってくる存在の暗闇として、とらえられているからである。

『業の花びら』の下書き稿では、〈夜どほし赤い眼を燃して／つめたい沼に立ってゐるのか……〉というこの詩句のすぐ次に、〈(祀られざるも／神には神の身土がある)〉という二行を加筆して、また消している。[26] 眼の赤い鷺の啼く声が、〈あざけるやうなうつろな声〉の昇華されつくした形であることはあきらかである。

祀られざるも神には神の身土があると、あざけるようなうつろな声でつぶやいたのは誰であろうか。〈開拓功成らざる義人たち〉なのか。産業組合青年会の功業を競う論議の中で、熱誠有為の人士たちから〈誰は誰よりどうだとか〉として優劣された人びとの沈黙なのか。あるいは農業技術者としての賢治も一役買っていたはずの地域の産業化の中で、「ひとところ砕かれた」山地の肩や尾根尾根に住まう神々――土地の精霊たちなのか。* あるいはこれらが、たがいにたがいの暗喩としてかさなりあうものの総体であるのか。いずれにしてもそれは賢治が熱誠を以て参画し推進してきたはずのこの地方一帯の産業化の中で、傷ついて外に立つものたちの声であることはたしかであると思われる。

＊『産業組合青年会』の草稿的紙葉のひとつには、つぎのような一節が書きこまれている。〈並木の松の向ふの方で／いきなり白くひるがへるのは／どれか東の山地の尾根だ／（祀られざるも／神には神の身土がある）／ぎざぎざの灰いろの線〉[27]

これは従来『作品第三一二番』[28]として知られていたものの一部であるが、この紙葉の「三一二」という数字は、自筆ではない。『業の花びら』の最初の下書稿の余白には、「山地の神□を／舞台の上に／うつしたために」と書いてまた消してある。（□内一字不明。）（校本校訂者はこれを、〈神々の名を録したことから〉という一行ととりかえるつもりであったものかとしている。[29]）これらのことは、詩人がそれらに対する罪にふるえている「神々」が、「山地」に本来の身土をもって土着する神々である事を示唆する。

詩人は夜半にこの会同を囲繞していた闇のさなかを踏み迷ううちに、もういちどこの〈彼方からの声〉を聞くことになる。実在する葛藤からの距離と夜とが、この再度きく〈遠くからの声〉を、純化し、深化し、普遍化し、世界全体を〈業の花びら〉におおわれたものとして存立せしめるほどの力をもつものにまで、昇華しつくしていたはずである。＊

＊　このような「純化」の評価は、もちろんわかれるはずである。——つけ加えれば、さらにこの純化の線上に、わずか五行の後期形『業の花びら』という〈作品〉が結晶することになる。

この作品が、接近し難い完結性を以て虚空に屹立するものという印象を身に帯びるのは、林の夜空を〈業の花びら〉として存立せしめている当初の力——あのさびしい〈声〉の痕跡を消し去っているからでもある。

いずれにしても眼の赤い鷺は、詩人を遠方からおびやかす〈他者〉であると同時に、まさしくこのような他者として、深くこの詩人自身であった。それは詩人が、〈自己自身よりもいっそう本質的な自己として感受せざるをえない他者〉として、外にありまた内にある声であった。

そしてこの〈遠くからの声〉は、オホーツクの海からの声がそうであったように、直接的な関係性を批判する客観性として、巨大な倫理の奥行きをそなえた空間を詩人の自我の内部に張りわたしてしまう。そしてこのように張りわたされた関係性の空間の総体こそが、詩人の〈自我〉であり〈主体〉とよばれるべきものに他ならないのだ。

三　家の業
――自我はひとつの矛盾である――

ああ誰か来てわたくしに云へ
億の巨匠が並んで生れ
しかも互ひに相犯さない
明るい世界はかならず来ると(30)

賢治の作品の中にしばしばつきあげてきて、文学作品としての存立自体をゆるがすこともある、あの切迫した思想表出のひとつでもあるこの四行は、『業の花びら』の初期形の一部を構成すると同時に、『産業組合青年会』の草稿の中にもまた書きこまれていた。(31)祀《まつ》られざるも神には神の身土があるといううつろな声とそれは表裏をなしながら、この日の賢治の厖大な詩想の群を通底するモチーフ自体であったからだろう。

自我がひとつの複合体であるということは、原理としてはあのインドラの網のように、それぞれの個がすべての他者たちをたがいに包摂し触発しながら、しかもたがいに犯すことなく並びたつ明るい世界の可能性を基礎づけるものだ。けれどもその自我の内部にひしめく他者たちが、たがいに相剋《そうこく》するものであるかぎり、複合体としての自我は、矛盾として存立せざるをえない。

とりわけそれが、(〈親密な人びと〉の声のみを自己の声として自閉することができず、)〈外からの声〉、〈遠方からの声〉がただちにみずからの内部の声となるような資質の主体にとっては、現実の世界の矛盾はそのまま自己自身の矛盾として生きられざるをえない。

オホーツクの海からの声や、「産業組合青年会」を囲繞《いじょう》する闇からの声が、自己否定、自己超出へと向かわせる矛盾を賢治の自我に棲《す》みこませることになるのも、関係の予定調和をその外部から告発するものの声を、くりかえし自己自身へと転化するという運動をとおしてであった。

そしてこのような、〈外からの声〉の内化をとおしての自己超出、という永久運動こそは、二、三のエピソードにとどまらず、およそ賢治の現実の生活史からその自我の骨格を形成しつづけてきた基礎的なダイナミズムに他ならなかった。

賢治が最初に自己表出のメディアとした作品ジャンルはすでにみたように短歌であった

が、賢治がじぶんで年代別に整理した歌稿のいちばんはじめのものは、十二歳のとき、中学校に入学した日のことをうたったつぎの二首である。

中の字の徽章を買ひにつれだちてなまあたたかき風に出でたり
父よ父よなどて舎監《しやかん》の前にして大なる銀の時計を捲《ま》きし(32)

この二首がこの体験の当時に制作されたものであるか、あるいは後年このことを思い出して制作したものであるかについては、明確に判断する根拠がないように思うが(33)、いずれにしても賢治のこの日のつよい印象を、歌のオリジンとしていることは確実である。ことにその第二首については、晩年にふたたび文語詩として彫琢《ちょうたく》を試みている。

わが父よなどてかのとき／舎監らの前を去るとき／銀時計捲きたりしや(34)
左端にて足そべらかし／体操の教師とかいふ／かの舎監わらひしものを

それは〈家〉という第一次的な社会関係、あるいは〈親密圏〉を共有するものとしての父が、舎監という〈外からのまなざし〉によって容赦なく客観化され、「俗物」として対象化されてしまった瞬間の、激しい羞恥の体験である。父親の金持ち趣味が、賢治自身の耐えがたい羞恥であるのは、いうまでもなく対他的には(他人のまえでは)、父親が賢治の自我の一部を構成しているからである。それと同時に舎監の目もまた賢治自身の目としてたちまち内化されている。舎監と父という二人の他者の間の関係が、賢治の自我の内部にひとつの矛盾を棲まわせて、それが羞恥の自意識を構成している。つまり賢治の自我をひとつの〈はずかしさ〉として形成している。

だれでも似たような苦い思い出のひとつやふたつはもつかもしれないこのエピソードが、賢治にとっては、生涯忘れることのできない象徴的な体験としてくりかえし反芻《はんすう》されることになるのは、(賢治のとくべつな鋭敏さによるばかりではなく)賢治の生まれ育った〈家〉が、外囲の社会にたいしてもっていた現実に緊張をはらんだ関係が生活史のいたるところにその刻印を残してしまう、存在の羞恥の自意識ともいうべき基礎的な文脈の中に、くりかえしこの屈辱の思い出もまたひきよせられて、新鮮な痛みをよみがえらせるからである。

賢治の生育した家は質屋と古着商とを兼ねた、花巻地方有数の富裕な商家であった。それは主として祖父の喜助の勤倹と、父政次郎の卓越した商才によるものであった。「私が仏教を知らなかったら三井、三菱くらいにはなれましたよ。」と後年政次郎自身が述懐していたという。(35) 政次郎を含めて宮沢家は代々浄土真宗の熱心な信徒であった。賢治が三歳のときにはすでに『正信偈《しょうしんげ》』や『白骨の御文章』などを暗誦していたといわれることは、もちろん賢治の異常な早熟を物語るものではあるが、同時にこれらをものごころのつく以前から、子守歌がわりにきいて育ったということもある。けれども浄土真宗は、これを日本のプロテスタンティズムとみなすひとがあるように(36)、その〈世俗内禁欲〉の倫理《エトス》において、少なくとも近代初頭の商業資本の蓄積、展開にとっては、桎梏《しっこく》というよりもむしろ、それ自体有利な生活態度を用意していたと考えられる。ちなみに小倉豊文はつぎのような事実を書いている。

賢治が生まれた時には、父は商用で岡山県から四国に渡る前後であったとは私の直接きいたことであるが、岡山県の備前・備中から広島県の備後南部方面には真言宗が多く、その檀家に葬式があると死人の晴着を檀那寺に納める風習があった(現在は「おきぬの」と呼んで代わりに白布を納める所が多い)。四国は「八十八箇所」でもわかるように真言宗の寺が多い。私は政次郎翁から「いい品が安く買えたから」とだけしか関西方面への出張の理由の説明はきかなかったが、おそらく上述のような地方的習慣を調べて知っていたのではなかったかと思った(37)。

質＝古着商として急速な発展をとげた宮沢商店は、小倉も書いているように、「必然の結果として近村に多くの小作地を所有することになり、(38)」その貧しい小作人たちはまた、質＝古着商である宮沢商店の顧客となる他はなかった。

賢治がこの店に居合わせるときは衣類を質入れに来る客たちの方に共鳴してしまい、「世の中が不公平だ。父の家業はいやだ。」と泣き出して家人を困らせたことや、また賢治自身が店番をしているときには、客のいうままに金を貸し与えてしまうので、それでは家がつぶれてしまうと政次郎に叱られていたことなどが、伝えられている。(39)

しかもこのような賢治の主観の如何にかかわらず、関係の客観性の総体の中で、その〈社会的存在〉として、賢治らは花巻一帯を「壟断《ろうだん》する一大勢力」(40)たる宮沢家の御曹子に他ならなかった。後年賢治が母木光への手紙の中で、「何分にも私はこの郷里では財ばつと云はれるもの、社会的被告のつながりにはいってゐるので……」(41)と書いていることはよくしられている。

宮沢商店に衣類やその他の質物をたずさえてくる顧客でもあり、その家を出ればかならず路上でも田や畑でも賢治とゆき会うことになる、貧しい農民やその子女たちこそ、あの寄宿舎の舎監よりいっそうぬきさしのならないところで、賢治の存在をその外部からまなざしてやまない視線であったはずである。

賢治が衣類を質入れに来る農民やその子女たちといっしょに泣くとき、賢治の自我を矛盾として存立せしめる事になる関係性とは、ひとつの経済社会の矛盾の巨大な客観性の内部にその根をもつ相剋《そうこく》であると同時に、また他方では、賢治自身の自我にとっては、その存在の基底を構成している相剋に他ならなかった。

賢治が非常に早い時期から〈見られている自我〉の意識を色濃《こ》くもっていたことはすでにみてきた。そのときに賢治の幻覚する視線の質は、ひとつとして好意にあふれたものではなかった。〈うしろよりにらむ〉目であり、〈はらだたしげににらむ〉目であり、〈目をいからして見る〉視線であり、〈うらめしくわれをながめて〉つと消えてゆく目であった。

それは賢治の自我が関係であるばかりでなく、矛盾である事、矛盾としての関係であるという事を、するどく感受し具象化する資質をもっていたからである。これらのうらめしい目の数々は、もちろん賢治の自我から世界に投射《プロジェクト》された幻影に他ならないが、他ならぬこのような目の幻影を投影する自我の構造は、それじたいまた、この自我のありかを結節点とする関係の客観性の、投影に他ならないのだ。だからこれらの目とはたしかにそれじたいとして客観的にあるものではないが、とはいえたんなる主観ではなく、主観をとおして純化された客観性にほかならないのだ。

そして〈詩人〉とは、このように客観性を純化する濾《ろ》過《か》装置《そうち》である。

そのように詩人をとおして純化されつくした客観性であるあの〈眼の赤い鷺〉の中にも、賢治のみたたくさんの貧しい農民たちの赤い目が透明な幽霊のようにひしめいていたはずである。

けれども赤い眼をもっているのは、もちろん小作農ばかりではない。賢治の詩稿の中のひとつに、『地主』と題された、奇妙に自虐のにおいのする作品がある。

水もごろごろ鳴れば／鳥が幾むれも幾むれも／まばゆい東の雲やけむりにうかんで／小松の野はらを過ぎるとき／ひとは瑪瑙《めのう》のやうに／酒にうるんだ赤い眼をして／がまのはむばきをはき／古いスナイドルを斜《なな》めにしょって／胸高く腕を組み／怨霊《おんりょう》のやうにひとりさまよふ／この山ぎはの狭《せま》い部落で／三町歩の田をもってゐるばかりに／殿《との》さまのやうにみんなにおもはれ／じぶんでも首まで借金につかりながら／やっぱりんとした地主気取り

（中略）

そんな桃いろの春のなかで／ふかぶかとうなじを垂れて／ひとはさびしく行き惑《まど》ふ／一ぺん入った小作米は／もう全くたべるものがないからと／かはるがはるみんなに泣きつかれ／秋までにはみんな借りられてしまふので／そんならおれは男らしく／じぶ

んの腕で食ってみせると／古いスナイドルをかつぎだして／首尾よく熊をとってくれ
ば／山の神様を殺したから／ことしはお蔭で作も悪いと云はれる

（中略）

もう熊をうてばいゝか(42)／何をうてばいゝかわからず／うるんで赤いまなこして／怨霊
のやうにあるきまはる

この詩稿ははじめ『村の政客』と題されていて、「人を怒りて射たんと云ひし地主春すぎて事なき猟師《りょうし》となりけり」という反歌めいた語句がつけ加えられていた。賢治のむかしの級友をモデルとして発想されたものだそうだが、やがて『地主』と改題されて、次第に賢治自身にとっても本質的な問題のほうへ主題がひきよせられてゆく。「殿さまのやうにみんなにおもはれ」(それは宮沢家のことでもある！)、「一ぺん入った小作米は……かはるがはるみんなに泣きつかれ／秋までにはみんな借りられてしまふので」以下、「山の神様を殺したから……作も悪いと云はれる」等々といったことばが、つぎつぎと加筆されてゆく。そして最後に、「もう熊をうてばいいか／人をうてばいいか」という初形が、「何をうてばいいか」と書きかえられている(43)。政敵を怒る「村の政客」にとって怒りの対象は人としてあきらかであるが、経済の物象化《ぶっしょうか》されたメカニズムの中で次第に没落する「地主」にとっては、何をうてばいいかわからないのだ。殺意の対象の没人格性。標的のないスナイドル銃。

花巻近隣の岩崎村一帯における大正期の土地収奪の実態を、岩手県『和賀町史』は記録している。吉見正信が適切に引照しているように、大正二‐三年の統計によるこの地域の土地集積の上位十名はつぎのようであった。

	住所	氏名	職業	所有土地の町村名
1	黒沢尻	伊藤治郎助	貸金	藤根
2	黒沢尻	伊藤治兵衛	貸金	藤根
3	黒沢尻	米谷久左衛門	貸金	藤根・岩崎
4	黒沢尻	吉田庄四郎	貸金	横川目・藤根・岩崎
5	黒沢尻	芳野喜八	商業	藤根・岩崎・横川目
6	黒沢尻	斉藤忠之丞	鉱業	岩崎
7	黒沢尻	郡司万七	鉱業	藤根・岩崎・横川目
8	黒沢尻	木村新次郎	貸金	藤根・横川目
9	黒沢尻	木村エイ	貸金	藤根・岩崎

10　黒沢尻　三浦専治　商業　岩崎・藤根・横川目[44]

黒沢尻とは現在の北上市であり、この表は土地所有者の上位十名までのすべてが、貸金、商業などを業とする町方の不在地主である事を示している。十一位から三十位までもすべてが黒沢尻在住の不在地主であり、農業を業とするものはそれ以下にはじめて顔を出すにすぎない。『和賀町史』の記述を吉見の著書から重引しておこう。

……和賀三ヶ村の土地が、だんだんに三ヶ村の人たちの土地ではなくなって、他の裕福な町場の金持ちたちの土地になってゆきつつある様子が、ここにまざまざと物語られていることになる。しかもこの黒沢尻の金持たちというのは、すべて貸金業者つまり金融業者か商人かである。すなわちみな商業資本家であるわけである。資本主義の法則が、ここではこのように商業による土地ないし農業の支配という形で貫《つらぬ》いている。地域的には、町場＝都市による農村の支配という形になって現れている。……和賀町の旧村が純農村であり、そのために商業資本制的生産体制のもとでは、資本に弱く、地主＝自作農的独立の道に恵まれないで、零細《れいさい》自作ないし小作の地位に甘んぜざるを得なかったことを、想像せざるを得ないのである。厳しい近代の進行がしのばれよう。[45]

このような都市在住の商業資本の収奪の中で、三町歩ほどの田をもつ在村の地主もまた〈赤い眼〉をしているのである。

そしてまさしくこのような、町方に住む商業貸金業者であった宮沢商店それ自体もまた、「三井、三菱くらい」になることができなかったのは、もちろん政次郎が仏教をしっていたためなどではなく、いっそう巨大な経済の物象化された法則のためであったはずである。

更にまたこの日本資本主義の総体が、「何をやっても間に合はない／世界ぜんたい間に合はない」という賢治の、一九二七年八月の日付けをもった詩稿が示しているように、間もなく世界恐慌の中にひきずりこまれてゆく事を、おそらく意識より無意識に近いところで、この辺境の詩人は直感したかもしれない。

何をやっても間に合はない／そのありふれた仲間のひとり／雑誌を読んで兎を飼って／巣箱もみんなじぶんでこさえ／木小屋ののきに二十ちかくもならべれば／その眼がみんなうるんで赤く／こっちの手からさゝげも喰へば／めじろみたいに啼きもする／さうしてそれも間に合はない／何をやっても間に合はない。(46)

何をやっても間に合はない／世界ぜんたい間に合はない／その親愛な仲間のひとり／

……／雑誌を読んで兎を飼って／その兎の眼が赤くうるんで／草もたべれば小鳥みたいに啼きもする／……／さうしてそれも間に合はない／……／世界ぜんたい何をやっても間に合はない／その親愛な近代文明と新な文明の過渡期のひとよ。(47)

その二年後の世界大恐慌をはさんで、日本の東北の奥の農村一帯をおおう荒涼の中に立った賢治は、『小作調停官』と題された詩稿をつぎのように書きはじめることになるだろう。〈西暦一千九百三十一年の秋の／このすさまじき風景を／恐らく私は忘れることができないであらう／……〉(48)

『ペンネンネンネンネン・ネネムの伝記』という童話には、可憐でないマッチ売りの話がでてくる。フクジロという醜悪なばけものがじぶんのみにくいのをいいことにして、一銭のマッチを十円で売りつけて歩く。世界裁判長であるネネムが逮捕すると、フクジロはタンイチという親方にただ引回されてかせがされていることがわかる。タンイチを逮捕すると、タンイチもまたその親方に搾取されていることがわかる。その親方もまた搾取され、さらにその親方もまた搾取され、こうして三十人以上もつづく。うしろの方の搾取者はみなハイカラなばけものであって、このハイカラなばけものたちは、順々にそのすぐうしろの別のハイカラなばけものに借りた借金の利息のために、一日中働かされている。被害と加害の連鎖がどこまでもはりめぐらされている。ペンネンネンネンネン・ネネムの裁く事件の調書には、「アツレキ三十一年二月七日」「アツレキ三十一年七月一日夜」などと記されている。[49] 歴史は西暦でも皇暦でもなくアツレキとしてとらえられている。

人間の歴史ばかりではない。

『よだかの星』や『なめとこ山の熊』や『ビヂテリアン大祭』をはじめ多くの作品の中で問いつめようとしたように、食物連鎖を軸とする生命世界の相剋自体を、賢治は遍在する地獄とみていた。それはもちろん、「社会秩序の問題と生物一般の生存条件の問題との混乱未整理」といったものによるのではなく、人間社会の究極の可能性とその限界との問題を問おうとするものに他ならなかった。

『狂人日記』における魯迅の食人幻想が、人間社会を透視するものであるということを、疑う人はいない。吉見正信がのべているように、「東北飢饉史の凄惨さを伝える古文書資料の中には、餓えのあまり死馬の肉を食し、はては人肉相食むおぞましい状況を記録したものさえある」。[50] 魯迅の時代の中国でもそうであったのだろうけれども、賢治の時代の東北農村においても、人間が人間を食うという事は、たんなる隠喩のたぐいではなく、ほんの数世代前まではありえた事実として、語り伝えられ、また生まなましく感受されてもきたことであったにちがいない。そして現代の社会にあっても、わたしたちの生活水準がはるかな因果の連鎖のはてに、第三世界のひとびとの間接的な殺戮《さつりく》の上に存立していることは、それこそが社会科学的事実なのであり、生命世界の地獄は今なお、文明世界の構造を貫徹しているのである。ただわたしたちは、わたしたちの親密に生きる世界をその外部から批判するものの声を聞くこともなく、遠くからまなざすものの目を感受することもできないでいるだけである。

〈眼の赤い鷺〉はすでにみたように、もちろん直接に階級的な、あるいは社会的な存在の記号であるだけでなく、あえていうならば宗教的に、そしてまた文学的に、普遍化され純粋化されつくした形象である。けれどもどのように思想的に、あるいはまた芸術的に純化されつくしたイメージであれ、そのイメージが迫力と自己展開力とをもつのは、必ず生きられた具体的な、ある個的な現実の中にその根をもつからである。そして〈眼の赤い鷺〉を支えるこのような生活史的な根とは、なによりもまず、賢治の〈家の業〉であり、その店先に現われては立ち去っていった貧しい農民たちの赤い眼であったはずである。

それは賢治の〈関係としての自我〉を、矛盾として構成する眼であった。すなわち関係の矛盾にたいして身を閉ざし、矛盾を自己の内部にはもたず、矛盾がただその外部からだけやってくる貧しい自我から、関係の矛盾を自我の内部につつみこみ、〈外からの声〉に向ってつぎつぎとその自我を開くダイナミズムを内蔵し、その中に巨大な苦悩の空間を張ることのできる自我へと、賢治を解き放つまなざしであった。

阿修羅像(部分)・興福寺所蔵

四　修　羅

——明晰な倫理——

宮沢賢治は生前ほとんどその郷里の外の世界にしられることはなかったけれども、草野心平とともに賢治に最初に着目した評者である佐藤惣之助は、「奇犀、冷徹その類をみない」ということばで賢治を評した[51]。

「冷徹」という評価の仕方は、賢治の死後半世紀の内に定着した賢治のイメージ、〈真摯な求道者〉としてのそれとも〈幻想詩人〉としてのそれとも印象を異にしている。

賢治が真摯な求道者であり同時に奔放な幻想詩人であったことはたしかだけれども、同時に賢治がその当代の詩人に与えたこのいわば第一印象が、賢治の本質のもうひとつの面をとらえたものであることが、今日の時点からふりかえってみると、わかるように思う。ただ賢治の冷徹が、世のいわゆる冷徹なひとびとのように、世界にたいして向けられているだけではなく、さらに徹底して、自己自身にたいしてもまた向けられていることのために、ぎゃくに一見、冷徹とはべつの特性をもつ人格のように、印象づけられてしまうだけである。

1

宮沢賢治が、自己自身を見る目において比類なく明晰であったということは、まずなによりも、すでに前節でみてきたように、賢治が自己を構成する関係性をその〈外部から〉見る目にたいして――すなわち客観視するものにたいして――鋭敏に開かれていたことに根ざしているが、このことが賢治を自分の存在について、つまり世界との関係において自分が何であるかということについて、そしてまた、自分を規定してしまっているものが何であるかについて、明敏すぎる自意識としてつくりあげ、そのことがさらに賢治を、二重・三重の屈折の中にたたきこむこととものなった。

ものごころつくころの賢治にとって、質屋であり古着屋である宮沢商店の長男としてこの家業をつぐことは、空気のように自明の将来像としてかんがえられていた。小学校四年のころの担任の記述によると、「立志」という課題作文の中で賢治は、「私はお父さんの後をついで、立ぱな質屋の商人になります。」と書いていたという。(52) そのようにこどものころから期待され、折にふれては言い聞かされてもいたはずである。

「大いなる銀時計」事件があるのは、この作文からわずか二年後のことである。それから思春期《アドレッセンス》中葉に達した賢治の、多くの伝記執筆者たちが詳述しているような、家業嫌悪、「家業をつぐことへのたたかい」が開始されることになる。

このたたかいが、賢治の嫌悪と決意のはげしさにもかかわらず、幾重にも屈折したものにならざるをえなかったのは、家業を長男に継がせることへのこの時代の地方の商家の圧力の強さによるばかりでなく、むしろそれ以上に、父母の〈恩愛の両義性〉ともいうべきものの拘束力によるものであった。

これも多くのひとの着目しているように、賢治は六歳と十七歳の折に二度の大病を患い、そのたびに父の必死の看病をうけ、二度ともに父自身がこの看病疲れや伝染のために病に倒れることとなり、ことに一度目の看病と感染のためにその胃腸を害して生涯痼疾に苦しむこととなり、賢治はまたこのことを生涯父への負い目として感じつづけた。

高等農林学校の卒業を前にはげしく進路問題で父と争っていた折の手紙の一部を引用しておこう。

小生の信仰浅きためか屢々《しばしば》父上等にも相逆らひ誠に情無く存じ居り候　就《つい》ては帰盛後常に思ひ居り候　二度も死ぬ迄《まで》の病気にて殊に伝染病等に罹《かか》り色々と御心配相掛け候

のみか父上迠も御感染なされ今に至るまで腸に病残られ候事など只今《ただいま》とても高等の学校に入るのみならず他の生徒にては思ふに任《まか》せぬ書籍など迠求め得て何の不足ありて色々御諭《さと》しに逆らひ候や　信ずる所父上と異らばたゞ泣きてこそあるべきに却《かえり》て怒りを致し候事など就《いず》れは前生の因縁《いんねん》ある事と存じ候へども兎《と》角《かく》父上と相近けば様々の反感のみ起し候　誠に誠に情無《な》く帰盛の後、また逆らひ候後とても絶ず之を思ひ候
さて母上とては尚《なお》祖父様祖母様の御看病を初め随分と御肝難《かんなん》下され如何《いか》にもしても少し明るくゆつくりしたる暇《ひま》をも作り上げ申さんと中学一年の時より之を忘れたる事は御座なく候へども何か言へばみな母上を困らす様なる事のみにて何とも何とも自分の癖《くせ》の悪くひがみ勝ちなるには呆《あき》れ奉り候(53)

一九一八年(大正七年)二月二日付の手紙であるが、この手紙でも結局賢治は、自分の信ずる進路を進むことの許しを乞《こ》うている。その一方でこのおなじ月に『アザリア』という同人雑誌には、つぎのような自虐と韜晦《とうかい》にみちた逆説を書き記している。

春が来ます、私の気の毒なかなしいねがひが又もやおこることでせう、あゝちゝはゝよ、いちばんの幸福は私であります

総てはわれに在るがごとくに開展して来る。見事にも見事にも開展して来る。土性調査、兵役、炭焼、しろい空等

われは古着屋のむすこなるが故にこのよろこびを得たり(54)

のちに賢治は『フランドン農学校の豚』という、奇妙な童話を書き記している。フランドン農学校に飼《か》われている豚が、いよいよ殺される時期がくる。もっともこの国では家畜にも一応の人権——畜権があって、〈家畜撲殺同意調印法〉というものが公布されており、その本人から「死亡承諾書」を受け取らなければ殺すことはできない。そこで校長先生が「わけのわからない苦笑をしながら」豚の前に立つ。「どうだい。今日は気分がいゝかい。」というあいさつにはじまって、これまでどんなにその豚を大切に育ててきたかを思い起こさせる。そこで豚にも「少しでもありがたいといふやうな気があったら」恩返しに証書に調印してくれまいかという。「いやです。いやです。どうしてもいやです！」と豚が泣いて叫ぶ。「いやかい。では仕方ない。お前も余程な恩知らずだ。犬猫にも劣ったやつだ。」校長はぷんぷん怒って帰ってしまう。（どうせ犬猫には劣りますよう。あゝこ

の世はつらいつらい、本統に苦の世界だ〉と豚は思う。何日かして校長がいよいよあわてやってくる。「いやですいやです。」と豚がまた泣くと、「厭だ？　おい、あんまり勝手を云ふんぢゃないよ、その身体は全体みんな学校のお陰で出来たんだよ。」[55]という。このことばが文字どおり殺し文句となって、豚はとうとう爪印を押すこととなる。

そこには日本的共同体の支配原理ともいうべきものが、無気味なユーモアをもって的確に描かれている。豚の人生は前払いされているのであって、その生を自分で選ぶということは〈恩知らず〉である。『アザリア』に掲載した断片は、〈自分の身体は全体みんな古着屋のお陰で出来たんだ〉という悲痛な認識を表明している。

よくしられている賢治の性的な禁欲主義も、ひとつには〈家族〉というものが、なによりもまず賢治にとって、恩愛の絆をもって人を拘束し、やがてはまた他者をも拘束することになるものだという強烈な固定観念《オブセッション》を伴っていて、それがある斥力《せきりょく》を形成してしまったからではないだろうか。さきに引用した進路についての書簡の中でもくりかえしみえかくれする願望は、独身を通させてほしいという願望であった。

けれども賢治の父や母の恩愛はまた、もちろん純粋の恩愛でもある。それはフランドン農学校の校長のように、功利のためにだけ前貸しされている恩義ではない。

「グスコーブドリ」の父や母は、飢饉《ききん》の年に最後に残された食料でブドリとネリとを生きさせるために自分たちは森の奥に姿を消して餓死してしまう。「宮沢商店」によって与えられた恩義は、賢治自身との関係に関するかぎりは、農学校の校長たちのそれよりも、グスコーブドリの父母たちの恩愛の方に近い。――にもかかわらず、それが賢治の生き方を拘束《こうそく》するそのかぎりにおいて、農学校の校長のそれと同様のはたらきをする。賢治の屈折は、いっそう深いものとならざるをえない。

賢治の身近な関係圏がその外囲の関係圏と矛盾するばかりではなく、その身近な関係圏がそれ自身の内部ですでに矛盾を内包しているからである。それは純粋な、無垢《むく》の恩愛であると同時に、まさしくそのようなものとしていっそう深い抑圧でもある。抑圧としてこれに対する行動をつらぬくならば、それは恩愛の側面からみて決して許されることのない〈忘恩〉の徒となるだろう。恩愛としてこれに対する行動にいそしむならば、それは抑圧の側面からみて恥ずべき〈諂曲〉の徒となるだろう。諂曲《てんごく》とはこびへつらうことであり、修羅の特性とされていることである。

賢治の苦しみのいちばん深いところにあったのは、たんなる抑圧の強さにたいする怒りでもなく、たんなる恩愛の深さにたいする悔悟《かいご》でもなく、この恩愛の両義性それ自体であったのではないだろうか。それは一般に、共同体的な秩序の核のところにあるものでもある。

それは賢治の〈二面的心性〉（恩田逸夫）などと評されるものを生みだすことになるのだが、この〈二面性〉とは、じつは関係の客観性自体の中にすでに内在していたものであり、そのいずれかの側面を切り捨ててしまうことの上になりたついつわりの「明晰さ」を拒否する賢治の認識の総体性の、あるいは精神の弁証法的《ディアレクティーク》な強靭《きょうじん》さの不可避の帰結に他ならぬものであった。

2

心象のはいいろはがねから
あけびのつるはくもにからまり
のばらのやぶや腐植《ふしょく》の湿地
いちめんのいちめんの諂曲《てんごく》模様
（正午の管楽《かんがく》よりもしげく
琥珀《こはく》のかけらがそそぐとき）
いかりのにがさまた青さ
四月の気層のひかりの底を
唾《つばき》し　はぎしりゆききする

おれはひとりの修羅《しゅら》なのだ(56)

賢治の明晰の特質は、それが世界へと向けられているばかりでなく、さらに徹底して自己自身へも向けられていることにあった。そしてこの自己自身へと向けられた明晰はまた、自己をくりかえし矛盾として客観化すると同時に、この矛盾を痛みとして主体化する運動でもあった。このように自己を客観化し、かつ主体化するダイナミズムの帰結こそ、〈修羅〉の自意識に他ならなかった。

賢治がその詩集自体の総題としても選んだこの『春と修羅』をはじめ、多くのところでみずからを〈修羅〉として規定したことは、よくしられている。

修羅《しゅら》は阿修羅《あしゅら》の略であり、地獄道、餓鬼道、畜生道と人間道との中間にあって、悪意と善意とが自己の内部で対立し抗争する存在であり、それゆえに苦悩する存在である。

アシュラはもともとペルシアの最高神アフラとおなじ語源のことばで、アジアのアーリア民族の主神であった。けれどもインダス地方へのアーリア民族の侵入と定着の過程の中で、雷神インドラを主神とするバラモン教が成立し支配勢力となり、アシュラを祭りつづけるものは逆に異端とされるに至り、アシュラはインドラに対立し抗争しつづける悪神として定位されることとなった。先住民族や少数集団の主神が支配集団によって悪魔や鬼神として貶《おと》しめられるということは、世界の宗教史のなかでふつうにみられることである。さらにこのバラモン教から仏教が成立するに至って、アシュラはふたたび天上に救済されることとなり、仏法を守護する天竜八部衆の一つに数えられる。仏教のある解釈では、アシュラはもともと魔神であったのが、仏法の感化をうけてみずから進んでこれを守護するものの一員に加わったという。「阿修羅の如く戦う」という形容があるにもかかわらずたとえば興福寺の阿修羅像が美しい表情をもっているのは、このためである。けれどもアシュラは元来が闘争心旺盛のために、ふたたび下界の鬼として放逐されたりしている。

賢治自身が読んでその修羅像を形成したにちがいない経典や書籍に当って、これを周到詳細に追跡している小野隆祥の考証(57)によれば、島地大等の『漢和対照　妙法蓮華経』(これは一時期の賢治の座右の書であった)において推奨されている聖徳太子の『法華義疏《ほっけぎそ》』の、巻頭に近いつぎの一節が賢治に大きな影響を与えたという。

緊那羅《きんなら》と乾闥波《けんだつば》とは、即ち是れ鬼神にして皆帝釈の為に楽を作す神なり。四の緊那羅は法楽を為し、四の乾闥波は俗楽を為す。阿修羅は、下善を為して得る所《せ》にして正しき鬼神には非ず。其の諂曲多きに由《よ》るが故に之を貶して鬼と為るなり。(58)

小野があきらかにしているように、『小岩井農場』パート四でうたわれている

すきとほるものが一列わたくしのあとからくる／ひかり　かすれ　またうたふやうに小さな胸を張り／またほのぼのとかゞやいてわらふ／みんなすあしのこどもらだ／ちらちら瓔珞《ようらく》もゆれてゐるし／めいめい遠くのうたのひとくさりづつ／緑金《ろくきん》寂静《じやくじよう》のほのほをたもち／これらはあるひは天の鼓手《こしゅ》　緊那羅《きんなら》のこどもら(59)

これらの詩行の発想源も、この『法華義疏』にあるだろう(60)。

そして小野がまたべつのところで示唆しているように、〈わたくしの遠いともだち〉であるあのユリア、ペムペルもまた、透明な天上に住むこのキンナラのこどもらのもうひとつの暗喩的分身に他ならなかった(61)。

修羅である賢治がこれらのはるかな天上の同胞たちと出会うことにより、『小岩井農場』の旅を充実して完結することができたのは、帰るべきアイデンティティの根拠地をこれらの親しい心象の中に確認することができたからである。

これまでにみてきたようなアシュラをめぐる宗教史的な転変は、この鬼神の像に多様で複雑な性格を付与しているし、またわたしたちの想像をさまざまにそそる。そのある事実

を賢治は意識していたであろうし、またある事実は賢治の修羅像にとっては関知しないところであったかもしれない。またある事実は、賢治の意識しないところで修羅という語の歴史的な倍音のうちにたたみこまれているものとして、賢治の修羅像の中に編入されてもいただろう。

いずれにしても、賢治にとっての〈修羅〉という自己規定の軸となることは、なによりもまず、修羅が矛盾の存在であるということ、したがってまた、苦悩する存在であるということにあったとわたしには思われる。

修羅の怒りが青くてにがいのは、それが単純な「正義の怒り」のように外に向って発散することができないからである。〈家業〉を怒ればその怒りはまた、〈全体みんな家業のお陰で出来た〉みずからの身体に向けてつきささるだろう。このように生が罪業《カルマ》に前払いされてあるという構造は、露骨であれ露骨でないものであれ、つまり抽象化され物象化されたものであれ、もちろんわたしたちすべての生の構造でもある。

『復活の前』という断片の中にも吐露されているように、賢治は功利主義者をきらったけれども、自分の内にある功利性を内観しないで悲憤慷慨《こうがい》するような型の道徳主義者をもっときらった。〈泪《なみだ》なくして人を責めるもの〉——それは自分をひとつの矛盾として意識することのないものである。

『よだかの星』のよだかにしても、〈さそりの火〉のさそりにしても、『水仙月の四日』の雪童子《ゆきわらす》にしても、「なめとこ山」の小十郎にしても、賢治が自分をそこに投影する主人公たちは、自分が生きていることが否応なしに他者たちの死を前提としているような、原的な罪の存在たちである。父母たちの自死のおかげでその生存を保つことのできた「グスコーブドリ」もまた同じである。それらは修羅のさまざまなかたちに他ならなかった。小十郎が猟師であるということは賢治の菜食主義と矛盾するというひともあるが、賢治は矛盾をこそ描いたのである。

けれどもこのような矛盾はじつは、直接には殺生をしないかにみえる、小十郎の搾取者としての町の荒物屋の旦那をも、そしてこのような荒物屋から熊の毛皮を購買する町の住民たちをも、客観的にはつらぬいている。小十郎においてそのことが、いちばんあきらかに露出していて、したがって直接的な痛みとして感受されているだけである。

このことは〈よだか〉や〈さそり〉や、〈雪童子〉や〈グスコーブドリ〉に関してもおなじことである。客観的なものとしてわたしたちの存在をつらぬいている構造が、これらの修羅たちにおいては透明に露出していて、痛みとして感覚されているだけである。

そこに堕《お》ちた人たちはみな叫びます

わたくしがこの湖に堕ちたのだらうか
堕ちたといふことがあるのかと。
全くさうです、誰がはじめから信じませう。
それでもたうたう信ずるのです[62]。

だからわたくしたちにとって修羅の世界に堕ちるということは、客観的な墜落ではなく、じつはひとつの認識である。それはひとつの遍在する自己欺瞞《ぎまん》からの解放であり、自己自身の存在にまで透徹された明晰さである。

〔冒頭原稿なし〕
堅い瓔珞《ようらく》はまっすぐに下に垂れます。
実にひらめきかゞやいてその生物は堕ちて来ます。

まことにこれらの天人たちの
水素よりもっと透明な
悲しみの叫びをいつかどこかで

あなたは聞きはしませんでしたか。
まっすぐに天を刺す氷の鎗《やり》の
その叫びをあなたはきっと聞いたでせう。

けれども堕ちるひとのことや
又溺れながらその苦い鹹水《かんすい》を
一心に呑みほさうとするひとたちの
はなしを聞いても今のあなたには
たゞある愚《おろ》かな人たちのあはれなはなし
或《あるい》は少しめづらしいことにだけ聞くでせう。

けれどもたゞさう考へたのと
ほんたうにその水を噛《か》むときとは
まるっきりまるっきりちがひます。
それは全く熱いくらゐまで冷たく
味のないくらゐまで苦く

青黒さがすきとほるまでかなしいのです。
そこに堕ちた人たちはみな叫びます
わたくしがこの湖に堕ちたのだらうか
堕ちたといふことがあるのかと。
全くさうです、誰がはじめから信じませう。
それでもたうたう信ずるのです。
そして一さうかなしくなるのです。

こんなことを今あなたに云ったのは
あなたが堕ちないためにでなく
堕ちるために又泳ぎ切るためにです。
誰でもみんな見るのですし　また
いちばん強い人たちは願ひによって堕ち
次いで人人と一諸《いっしょ》に飛騰《ひとう》しますから[63]。

一九二二年五月二十一日、あの『小岩井農場』とおなじ日付けをもった詩稿の断片であり、修羅の〈墜落〉とその〈飛騰〉とを主題としたものであることはあきらかである。（その鹹水の苦さと青さ。）

〈わたくしといふ現象〉はどういういう現象であるのかということを、この章では問い、追跡してきた。それはひとつの関係であり、それはひとつの矛盾であり、また（それを感覚する力をもつ主体にとっては、）それはひとつの〈痛み〉であった。

ひとはときどき、修羅はただ賢治ひとりのことであり、あるいは賢治はひとりだけ救済されようと願ったのだということをいう。けれども賢治は、ひとりだけ墜落することも考えなかったし、またひとりだけ飛騰することも祈りはしなかったと思う。

こんなことを今あなたに云ったのは
あなたが堕ちないためにでなく
堕ちるために又泳ぎ切るためにです。
誰でもみんな見るのですし　また
いちばん強い人たちは願ひによって堕ち
次いで人人と一諸に飛騰しますから。

このことに、そしてこのことにのみ、おそらく修羅の矜持《ほこり》はあった。

けれどもどのように〈飛騰〉するのか？　それを賢治はどこまで提示し、どこまで提示することができなかったか？

第二章　焼身幻想

V. van Gogh「糸杉」

一　ZYPRESSEN　つきぬけるもの
——世界にたいして垂直に立つ——

春と修羅
(mental sketch modified)

心象のはいいろはがねから
あけびのつるはくもにからまり
のばらのやぶや腐植の湿地
いちめんのいちめんの諂曲《てんごく》模様《もよう》
(正午の管楽《かんがく》よりもしげく
琥珀《こはく》のかけらがそそぐとき)
いかりのにがさまた青さ
四月の気層のひかりの底を

唾《つばき》し　はぎしりゆききする
おれはひとりの修羅《しゆら》なのだ
（風景はなみだにゆすれ）
砕《くだ》ける雲の眼路《めじ》をかぎり
れいらうの天の海には
聖玻璃《せいはり》の風が行き交ひ
ZYPRESSEN 春のいちれつ
くろぐろと光素《エーテル》を吸ひ
その暗い脚並からは
天山の雪の稜《りよう》さへひかるのに
（かげろふの波と白い偏光）
まことのことばはうしなはれ
雲はちぎれてそらをとぶ
ああかがやきの四月の底を
はぎしり燃えてゆききする
おれはひとりの修羅なのだ

（玉髄《ぎよくずい》の雲がながれて
どこで啼《な》くその春の鳥）
日輪青くかげろへば
　修羅は樹林に交響し
　陥《おち》りくらむ天の椀から
　　黒い木の群落が延び
　　　その枝はかなしくしげり
　　すべて二重の風景を
　喪神《そうしん》の森の梢《こずえ》から
　ひらめいてとびたつからす
（気層いよいよすみわたり
　ひのきもしんと天に立つころ）
草地の黄金《きん》をすぎてくるもの
ことなくひとのかたちのもの
けらをまとひおれを見るその農夫
ほんたうにおれが見えるのか

まばゆい気圏の海のそこに
(かなしみは青々ふかく)
ZYPRESSEN しづかにゆすれ
鳥はまた青ぞらを截《き》る
(まことのことばはここになく
修羅のなみだはつちにふる)

あたらしくそらに息つけば
ほの白く肺はちぢまり
(このからだそらのみぢんにちらばれ)
いてふのこずえまたひかり
ZYPRESSEN いよいよ黒く
雲の火ばなは降りそそぐ[1]

ZYPRESSEN(ツィプレッセン)は、糸杉である。詩の冒頭の陰湿な〈諂曲模様〉と鮮明な対照をなすものとして、ZYPRESSEN は立ち並んでいる。——曲線にたいする直線。

水平にたいする垂直。からまり合うものらにたいして、一本一本、いさぎよくそそり立つもの。煩悩《ぼんのう》執着嗔恚《しんい》憎嫉《ぞうしつ》のつるくさや棘《とげ》のからまる果てしない諂曲模様の湿地をつきぬけて、聖玻璃の風の行き交う天に向ってまっすぐにそそり立つもの。

ZYPRESSENとは、地平をつきぬけるものである。

それが〈イトスギ〉でも〈サイプレス〉でもなく、〈ツィプレッセン〉という、硬質の、重い切れ味をもった音価のドイツ語でなければならなかったのも、このためである。*

＊　Zypressenは、「ツュプレッセン」あるいは「チュプレッセン」と表記した方が原語の音価に近いのかもしれないけれども、賢治自身の詩稿のうちに「ツィプ」と三文字をカタカナで書いて消したあとにZypressenとしている箇所があるので、賢治の詩意識にとっての音価は「ツィプレッセン」であったと思われる。また原稿はZypressenであるが、初版本でZYPRESSENと、堂々と大文字をつらねていることも、この詩の中のZYPRESSENの心象からして、詩人自身の意思による校正であるとわたしには思われる。（『校本全集』もこの大文字表記を採用している。）

そして〈諂曲模様〉とは、すでにみたように修羅のあり方に他ならないから（「修羅は諂曲」！）、ZYPRESSENとは、このような修羅のあり方の否定、すなわち賢治の、〈嫌悪の自画像〉の否定に他ならない。

それは〈あたらしくまっすぐに起《た》つ〉[2]ものの表象であり、『銀河鉄道』の天気輪の柱とおなじに、地上と天上をむすぶものとして解放のメディアであった。それはたとえばゴシック建築の尖塔のモチーフとおなじだけれども、ZYPRESSEN はそれ自体いきものとして、黒々とおのれの影を帯びながら天に向って身をゆすっている。それは生きられる媒体であり、〈よだか〉がそうであるように、天空に至ろうとする地上の生の垂直な軌跡であった。

賢治は若いころ、その当時の雑誌『白樺』に掲載されたゴッホの『糸杉』に強く惹《ひ》かれていたという。[3] 賢治の〈二重の風景〉の中で、目の前にある糸杉は同時にそのまま、ゴッホの〈糸杉〉でもあったはずだ(自然は芸術を模倣する!)。

ゴッホの〈糸杉〉は周知のように、〈炎〉のイメージを伴っている。黄金色に燃え立つように狂おしく身をよじりながら天に向ってのびてゆくもの。それはまたさらにゴッホの、わが身を焼き尽したような生それ自体(あるいはその神話化されたイメージ)の倍音をも伴っている。

賢治の短歌時代のおわりに、『ゴオホサイプレスの歌』と題してつぎの二首が記されている。

サイプレスいかりはもえてあまぐものうづまきをさへやかんとすなり

雲の渦《うず》のわめきのなかに湧《わ》きいでゝいらだちもゆるサイプレスかも(4)

『春と修羅』の賢治にとってZYPRESSENとは、いちめんのいちめんの諂曲模様のうちに歯ぎしりゆききするこの修羅としてのおのれの生を、一気に焼きつくし、否定し、浄化し、昇華し、聖玻璃の空に向ってその意志をもってまっすぐにつきぬけてゆくあり方の、具象化に他ならなかったはずである。

二　よだかの星とさそりの火
――存在のカタルシス――

『よだかの星』のよだかはみにくい鳥である。ほかの鳥たちは、もう、よだかの顔をみただけでも、いやになってしまうという工合である。

(一たい僕は、なぜかうみんなにいやがられるのだらう。僕の顔は、味噌《みそ》をつけたやうで、口は裂《さ》けてるからなあ。それだって、僕は今まで、なんにも悪いことをしたことがない。赤ん坊のめじろが巣から落ちてゐたときは、助けて巣へ連れて行ってやった。そしたらめじろは、赤ん坊をまるでぬす人からでもとりかへすやうに僕からひきはなしたんだなあ。それからひどく僕を笑ったっけ。(5))

鷹《たか》はこういうみにくいものが、じぶんと似た名前であることをいやがって、よだかに名前を変えるように迫る。「市蔵」という名前に改名しなければつかみ殺してしまうという。よだかが飛ぶと、小さな羽虫が幾匹も幾匹もその咽喉《のど》にはいる。甲虫もよだかののどにはいって、もがいては呑みこまれてゆく。よだかはそのようにして生きている。

（あゝ、かぶとむしや、たくさんの羽虫が、毎晩僕に殺される。そしてそのたゞ一つの僕がこんどは鷹に殺される。それがこんなにつらいのだ。あゝ、つらい、つらい。僕はもう虫をたべないで餓《う》えて死なう。いやその前にもう鷹が僕を殺すだらう。いや、その前に、僕は遠くの遠くの空の向ふに行ってしまはう。(6)）

よだかは太陽のところへ行って灼《や》けて死のうと考える。

「お日さん、お日さん。どうぞ私をあなたの所へ連れてって下さい。灼けて死んでもかまひません。私のやうなみにくいからだでも灼けるときには小さなひかりを出すでせう。どうか私を連れてって下さい。(7)」

けれど太陽は、よだかを相手にしてはくれない。お前はひるの鳥ではないのだから、星のところへ行ってみろといふ。

よだかは夜になってから西の青白い星、南の青い星、北の青い星、東の白い星のところにつぎつぎとよって救済をもとめるのだが、どの星もよだかを相手にしてはくれない。

よだかはもうすっかり力を落してしまって、はねを閉ぢて、地に落ちて行きました。そしてもう一尺で地面にその弱い足がつくといふとき、よだかは俄《にわ》かにのろしのやうにそらへとびあがりました。そらのなかほどへ来て、よだかはまるで鷲《わし》が熊を襲《おそ》ふときするやうに、ぶるっとからだをゆすって毛をさかだてました。

それからキシキシキシキシキシッと高く高く叫びました。その声はまるで鷹でした。野原や林にねむってゐたほかのとりは、みんな目をさまして、ぶるぶるふるへながら、いぶかしさうにほしぞらを見あげました。

夜だかは、どこまでも、どこまでも、まっすぐに空へのぼって行きました。もう山焼けの火はたばこの吸殻《すいがら》のくらゐにしか見えません。よだかはのぼってのぼって行きました。

寒さにいきはむねに白く凍りました。空気がうすくなった為《ため》に、はねをそれはそれはせわしくうごかさなければなりませんでした。

それだのに、ほしの大きさは、さっきと少しも変りません。つくいきはふいごのやうです。寒さや霜がまるで剣のやうによだかを刺《さ》しました。よだかははねがすっかりしびれてしまひました。そしてなみだぐんだ目をあげてもう一ぺんそらを見ました。さうです。これがよだかの最后でした。もうよだかは落ちてゐるのか、のぼってゐるのか、さかさになってゐるのか、上を向いてゐるのかも、わかりませんでした。たゞこゝろもちはやすらかに、その血のついた大きなくちばしは、横にまがっては居ましたが、たしかに少しわらって居りました。

それからしばらくたってよだかははっきりまなこをひらきました。そして自分のからだがいま燐《りん》の火のやうな青い美しい光になって、しづかに燃えてゐるのを見ました。すぐとなりは、カシオピア座でした。天の川の青じろいひかりが、すぐうしろになってゐました。

そしてよだかの星は燃えつゞけました。いつまでもいつまでも燃えつゞけました。

今でもまだ燃えてゐます。(8)

『よだかの星』のこのモチーフは周知のように、『銀河鉄道の夜』の中でも〈さそりの火〉のエピソードとしてくりかえされている。

「むかしのバルドラの野原に一ぴきの蝎《さそり》がゐて小さな虫やなんか殺してたべて生きてゐたんですって。するとある日いたちに見附かって食べられさうになったんですって。さそりは一生けん命遁《に》げて遁げたけどたうたういたちに押へられさうになったわ、そのときいきなり前に井戸があってその中に落ちてしまったわ、もうどうしてもあがられないでさそりは溺《おぼ》れはじめたのよ。そのときさそりは斯《こ》う云ってお祈りしたといふの、

あゝ、わたしはいままでいくつのものの命をとったかわからない、そしてその私がこんどいたちにとられやうとしたときはあんなに一生けん命にげた。それでもたうたうこんなになってしまった。あゝなんにもあてにならない。どうしてわたしはわたしのからだをだまっていたちに呉《く》れてやらなかったらう。そしたらいたちも一日生きのびたらうに。どうか神さま。私の心をごらん下さい。こんなにむなしく命をすてずどうかこの次にはまことのみんなの幸のために私のからだをおつかひ下さい。って云ったといふの。そしたらいつか蝎はじぶんのからだがまっ赤なうつくしい火になって燃えてよるのやみを照らしてゐるのを見たって。(9)」

このエピソードは〈銀河鉄道〉のおわりのところで、ジョバンニのそれからの生に座標を与える極星のようなはたらきをすることになる。大人になったジョバンニでもあるかもしれないグスコーブドリは、爆発する火山の中に身を投ずるという最期をとげる。「グスコーブドリ」は、賢治の最後の本格的な作品といってよいものであり、それは作者の〈願望された自叙伝〉であるといわれる。

一方賢治のごく若いころ、盛岡高等農林学校時代の同人誌『アザリア』に発表された『復活の前』は、賢治のその後の生涯にわたるモチーフの束が、カードを混ぜるような韜《とう》晦《かい》のうちに投げだされている断章であるが、そのうちにすでにこのような一節を見ることができる。

（今人が死ぬところです）自分の中で鐘の烈しい音がする。何か物足らぬ様な怒ってやりたい様な気がする。その気持がぼうと赤く見える。赤いものは音がする。だんだん動いて来る。燃えてゐる、やあ火だ、然しこれは間違で今にさめる。や音がする、熱い、あこれは熱い、火だ火だほんとうの火、あついほんとうの火だ、あゝこゝは火の五万里のほのほのそのまんなかだ。(10)

焼身、という観念は、賢治の作品や実践のなかに、じつにさまざまなヴァリエーションを生みおとしながら、その生涯をつらぬいて詩人の心象世界の一隅にいつも光を放ちつづけた軸の観念のひとつであった。

グスコーブドリは農民たちのために、農作物に有害な気候を改変するという目的をもって火山にその身を投ずるのである。それは一見、目的合理的な死のようにみえる。けれども燃焼死という手段は、じつは目的に先立って、あらかじめ無意識によって選ばれていたのであって、むしろこの死の形態こそが、それを必要とする「目的」とその情況とをひきよせていたのだともいえる。つまりこの賢治によって〈願望された自叙伝〉は、あらかじめこの結末に向って収斂《しゅうれん》してゆくことを決定づけられていたはずである。

『グスコーブドリの伝記』の前身でもあるといわれる『ペンネンネンネンネン・ネネムの伝記』では、主人公のネネムはバケモノ国の世界裁判長になるのだが、バケモノ国の主要な犯罪は出現罪である。すなわち人間たちの世界に出現するという罪である。

ネネムのさばいた裁判のうち『伝記』に記録されているのは、ザシキワラシとウウウエイという二つの事件である(結末のネネム自身にたいする自己裁判を除けば)。

ザシキワラシは、日本国岩手県のある家の八畳間に風を入れたくてたたみの掃除をしていたために、その家の子どもを気絶させてしまう。ウウウエイはアフリカ、コンゴの林中で、月夜の晩の土地人の舞踏があまり面白いので、ついつりこまれて踊り出て一群を恐怖散乱せしめるのである[11]。ザシキワラシのしたことは行為としては善行である。ウウウエイの行為もいわば天心のふるまいである。善行や天心がなぜ罪になるか。それはかれらの存在じたいが、その異形性のゆえにひとびとに恐怖を与えてしまうからである。

出現罪とは、行為の罪でなく存在の罪である。心やさしいバケモノたちは、自分たちがまちがって存在してしまうことのないように、人間たちのしらないところで自分を裁いているのである。

童話『鹿踊りのはじまり』では、人間がこのバケモノの立場に立っている。鹿たちの踊りのあまりのうつくしさに、ものかげでみていた嘉十は思わず出現してしまう。

　すすきの穂《ほ》までが鹿《しか》にまぢつて一しよにぐるぐるめぐつてゐるやうに見《み》えました。

　嘉十《かじゆう》はもうまつたくじぶんと鹿《しか》とのちがひを忘《わす》れて、

　「ホウ、やれ、やれい。」と叫《さけ》びながらすすきのかげから飛《と》び出《だ》しました。

　鹿《しか》はおどろいて一度《いちど》に竿《さお》のやうに立《た》ちあがり、それからはやてに吹《ふ》かれた木《き》の葉《は》のやうに、からだを斜《なな》めにして逃《に》げ出《だ》しました。銀《ぎん》のすすきの波《なみ》をわけ、かゞやく夕陽《ゆうひ》の流《なが》れをみだしてはるかにはるかに遁《に》げて行《い》き、そのとほつたあとのすすきは静《しず》かな湖《みずうみ》の水脈《みお》のやうにいつまでもぎらぎら光《ひか》つて居《お》りました。

そこで嘉十《かじゅう》はちよつとにが笑《わら》ひをしながら、泥《どろ》のついて穴《あな》のあいた手拭《てぬぐい》をひろつてじぶんもまた西《にし》の方《ほう》へ歩《ある》きはじめたのです。(12)

嘉十の犯罪はウウウウエイの犯罪と同じものであり、嘉十の刑は、はずかしさとさびしさとである。それはわたしたち人間もまた、その存在が罪であるようななにものかであるということを、とつぜん思い起こさせる。

よだかははじめ、〈僕は今まで、なんにも悪いことをしたことがないのに〉と考えて嘆《なげ》く。それどころか、赤ん坊のめじろを助けてやるという善行までしているのである。けれどもよだかが空をとぶとき、小さな羽虫が幾匹もその咽喉にはいる。よだかはそのようにして存在する。〈あゝ、かぶとむしや、たくさんの羽虫が毎晩僕に殺される。〉(13)

よだかがその身を灼きつくすことを決意するのは、このときである。すなわちあれこれの行為の罪でなく、そのまえにある存在の罪の認識からである。

〈焼身〉というかたちが必然的であるのは、それがこのような存在の罪と対応するからである。焼却という方法は、自己にたいするばあいでも他者にたいするばあいでも、死というよりもその消滅への意思をこそ表現している。それはあのネネムの国の〈出現罪〉と正確に対応するものとしての、〈消滅刑〉ともいうべきものである。

焼身自殺という方法は、強姦された純粋な少女がこれを行うように、自己の身体の全的な消去の衝動の直截《ちょくせつ》な表現である。（このからだそらのみぢんにちらばれ。(14)）

それは前章でわたしたちがみてきたような、〈明晰な倫理〉――自己の存在を原的な罪として把握してしまう賢治の認識の、情念として純化されつくした帰結に他ならなかった。

それは美しいかもしれないけれども、また不吉な帰結でもある。わたしたちは消滅することによってしか正しく存在することができないとすれば。

賢治の作品世界の中の〈死〉を、わたしたちの生活世界の中の死と単純に同致して読むかぎり、それはもちろん、不吉な帰結である。

ところでよだかの星のばあいも、またさそりの火のばあいにも、これらの作品世界の〈死〉たちは、奇妙な構造を共有している。

それからしばらくたってよだかははっきりまなこをひらきました。そして自分のからだがいま燐の火のやうな青い美しい光になって、しづかに燃えてゐるのを見ました。

そしたらいつか蝎はじぶんのからだがまっ赤なうつくしい火になって燃えてよるのやみを照らしてゐるのを見たって。

よだかやさそりは、どうしてじぶんの火をかならず見るのだろうか。

それはその〈死〉が、わたしたちの生活世界の「死」とは異質のものだからである。だからこそジョバンニもいう。

僕はもうあのさそりのやうにほんたうにみんなの幸のためならば僕のからだなんか百ぺん灼いてもかまはない。(15)

それはこの〈死〉が、なにかのかたちで、くりかえすことの可能な死であることを暗示している。

さきにみた『復活の前』のさらに前年に、例の同人誌に書いた『「旅人のはなし」から』という文章では、その旅人は、「火あぶりになる筈《はず》の子供の代りになって死んだり」しながら、また旅をつづけるのである。(16)音がする炎の中で(今人が死ぬところです)というのは、文字どおり「復活の前」なのである。

それはこれらの〈死〉というものが、再生を前提するものであること、あたらしい存在の仕方へと向かうものであることをよく示している。これらの〈死〉とは、わたしたちの存在の仕方を変革するためのひとつの浄化、存在のカタルシスともいうべきものの象徴に他ならなかった。

もちろん賢治はじっさいに転生を信じていたので、ほんものの「死」がこのような再生のための〈死〉でありうるということを、考えていたということはある。けれどもそうであればこそ、賢治の〈焼身〉という観念の核が、虚無へと向かうものとは異質のものであることはあきらかであり、賢治が賢治の信仰を前提としてつかんだ思想の核のところを、わたしたちはわたしたちにとってなっとくのできるかたちで、つかみとってこなければならないだけである。

いずれにせよあの〈明晰な倫理〉――自己自身の存在の罪にたいする仮借なき認識というものが、ニヒリズムの方へではなく、もうひとつの生の方へとわたしたちをみちびくことがもしあるとすれば、それは自己消去――〈自己〉の消去――ということが、空無の闇を残すのではなく、あたらしい存在の光を点火する力をもつものであること、このような存在の転回ということをとおして、あの原罪の鎖を解く道を見出しうるときだけであることはあきらかである。

この問題を、賢治はその作品と生涯の中で、どのようなかたちで問いつめていっただろうか？

賢治・画「月夜のでんしんばしら」(仮題)

三　マジェラン星雲
――さそりの火はなにを照らすか――

〈銀河鉄道〉（初期形）のおわりのところで、「黒い大きな帽子の男」がジョバンニに世界の真理を開示する。その話のいちばんおわりに、〈プレシオスの鎖《くさり》〉があらわれる。

「あゝごらん、あすこにプレシオスが見える。おまへはあのプレシオスの鎖を解かなければならない。(17)」

男はそのまま消えてしまって、そのとき地平線のむこうから青白いのろしが上がる。

そのときまっくらな地平線の向ふから青じろいのろしがまるでひるまのやうにうちあげられ汽車の中はすっかり明るくなりました。そしてのろしは高くそらにかゝって光りつゞけました。「あゝマジェランの星雲だ。さあもうきっと僕は僕のために、僕のお母さんのために、カムパネルラのためにみんなのためにほんたうのほんたうの幸福をさがすぞ。」ジョバンニは唇を噛《か》んでそのマジェランの星雲をのぞんで立ちました。[18]

〈プレシオスの鎖〉とは何か？　なぜこの鎖が世界の解明のおわりにたち現われるのか？　なぜここで黒い大きな帽子の男は、消えてしまうのか？　なぜそのときに、のろしがあがるのか？　そして〈マジェランの星雲〉になるのか？　なぜジョバンニはここではじめて、救済されるのか？

〈プレシオスの鎖〉はおそらく旧約ヨブ記[19]の「プレアデスの鎖」、つまり昴《すばる》のことである。それは人間の手によって解くことのできないものの象徴であるといわれる。〈鎖〉とはまず第一につながっているものであり、第二に拘束するものであり、そして第三に解き難いものである。

それは世界の認識の果てにあらわれて、賢治にとってもわたしたち自身にとっても解き難い問い、生命が他の生命の死を前提にはじめて生存しうるという食物連鎖、わたしたちが生きているかぎりそれをのがれることのできない生活依存の連鎖を象徴するものであるか、少なくともそれを作者の無意識の倍音とするものであるように思われる。
（あゝ、かぶとむしや、たくさんの羽虫が、毎晩僕に殺される）
（わたしはいままでいくつのものの命をとったかわからない）
というよだかやさそりの原罪は、質屋＝古着屋の〈家の業〉によってその身を養われてきた賢治自身の、過剰なまでに意識されていた原罪であり、そしてもちろん、わたしたちすべての存在の原罪である。

伝記執筆者たちのしるしているように、賢治は中学生のころから、必死にこのことを考えてきた。小野隆祥の考証によれば、このころの賢治に決定的な影響を与えた思想家島地《しまじ》大等《だいとう》は、この問題を大略次のような仕方で「解決」していたという。「物の命は尊い。この尊い命を殺してなお生きねばならぬある物を感ずるならばその犠牲は許されるべきである。ただしそれには、わたしたち自身、更に大なる生命のために要求される時があるならば進んで自己の全部を提供する覚悟があることが必要とされる。[20]」

この考えは卓抜なものを含むけれども、「より大きな生命のために」という思想は、根拠のない差別を生命の世界の中にもちこむ発想でもある。

この問題を賢治がいちばん正面から、かつ直接に考えぬいている『ビヂテリアン大祭』という作品では、「私」という人物の属する立場はつぎのようである。

もしたくさんのいのちの為に、どうしても一つのいのちが入用なときは、仕方ないから泣きながらでも食べていゝ、そのかはりもしその一人が自分になった場合でも敢《あえ》て避《さ》けないとかう云ふのです。[21]

賢治は大等の「更に大なる」生命ということばを、「たくさんの」ということばでおきかえている。これはひとつの革命である。けれども「一人とたくさん」という数の問題もまた、たんに生命の頭数のことをいうのであるかぎり、本質にふれる論点ではないだろう。これらの「解決」から、生命の大小論や多少論という皮相の論点を洗いおとしてみるときに、はじめて問題の核心をつかみ出してくることができる。

それはこの〈最後の問題〉は、「わたし」という個体の生命を絶対化する視点に立つかぎり解決が不可能であるが、もしも「わたし」の生命を絶対化する立場をはなれることができれば、〈生命連鎖〉という事実そのものは、生命界の〈殺し合い〉という位相から見ることもできると同時に、生命たちの〈生かし合い〉という位相から見ることもできるということである。

生命世界が〈殺し合い〉の連鎖であるという見え方は、ホッブス風の近代市民社会の原像を生物界に投影したものだけれども、人間社会の諸個人の生活の相互依存の連鎖〈だれでも他の多くの人々の労働に支えられて生きている〉は、個のエゴイズムを絶対化する立場に立つかぎり相互収奪の連鎖であるが、エゴイズムの絶対化をはなれることができるかぎりは、人間たち相互の生の〈支え合い〉の連鎖でもあり、そしてまたこの他者たちのための〈支え〉のひとつであるということこそは、ひとが〈生きがい〉と呼んでみずからの生の支えとしているものの核心でもある。

生命の相互依存の連鎖という生物世界の事実——生命あるものがたがいにその生命を糧とし合って生きているという関係は、自己の生命の絶対化をはなれることができるかぎりは、それは植物、動物がみずからの生命によってたがいに他の生命を養い合っている〈生かし合い〉の連鎖としてみることもできる。

けれどもこのことが、たんにつごうのよい自己弁明と現状肯定の論理でないということのためには、「わたし」の生命を絶対化する立場をはなれるということが、真実でなければならない。そしてこのことが〈真実〉であるか否かは、結局、じっさいに他者の生命のために自己の生命をすてるという行為によってしか、立証の仕様がないのではないだろうか。賢治はこのようにこの問題を追いつめていったのではないか。あるいは少なくとも、このように直感したのではないだろうか。

世界の真理を開示する〈黒い大きな帽子の男〉が、最後にこの問いをジョバンニに残したまま消えてしまうのは、このためである。この鎖はもはや、〈黒い大きな帽子の男〉のものである知によって解くことはできず、知の外にある行為によってしか解くことができないからである。

そしてこのときのろしが上がる。のろしがあがってそのまま高くそらにかかって光りつづける。それはマジェランの星雲である。

垂直に上って天の星となるもの。それは〈よだかの星〉であり〈さそりの火〉であった。そしてマジェランの星雲となったのろしは、ちょうどこのときに友人を救って死んだカムパネルラであったにちがいない。

それはまっくらな地平線を、ひるまのように明るくしてしまう光だ。その光はジョバンニの汽車の中さえ、カムパネルラの姿の不在ということをふくめて、つまりその夢の世界の全体を「すっかり明るく」し、ジョバンニを本統の世界にかえす。

それは知の地平線の向うからきて、この世界の真実をあきらかにするあの認識の光だからである。

橋板や空がいきなりいままた明るくなるのは

この旱天《かん》のどこからかくるいなびかりらしい
水よわたくしの胸いっぱいの
やり場所のないかなしさを
はるかなマヂェランの星雲へとゞけてくれ
そこには赤いいさり火がゆらぎ
蝎がうす雲の上を這《は》ふ(22)

『銀河鉄道の夜』の発想の初期星雲のひとつである『薤露青《かいろせい》』には、このような一節がある。ここではマジェランの星雲は、賢治自身にとってのカムパネルラであったとし子が行ったと感じられるところであった。そのうしろに賢治はこういうことを、書いては消し書いては消している。

いとしくおもふものがそのまゝどこへ行ってしまったかわからないことからほんたうのさいはひはひとびとにくる(23)

とし子の死はもちろん直接の自己犠牲死ではなかった。けれども「こんど生まれてくるときは」自我をすてるというねがいを最期の一念とした妹の死は、最愛の者という個別の生命への執着をどうしても捨てねばならないところに賢治を立たせてしまうことをとおして、〈ほんたうのさいはひ〉のほうへ賢治を押し出した。そしておそらく、ひとつの純粋な精神の死は、かならずそれまでとはちがった仕方で世界を照らし出す力をもつのだということをもまた、賢治に示した。

さそりは死んで宇宙の闇のほんの一隅を照らし出す光となった。それはひとつの生命の代償としてはあまりにも小さな効用であるかにみえる。けれどもさそりの火が照らしたのは、生命連鎖の世界の全景の意味の転回に他ならなかった。

マジェランの星雲となったカムパネルラの死が照らし出したのもまた、このおなじ意味の転回であったはずだ。

四　梢の鳴る場所
——自己犠牲の彼方——

焼身と自己犠牲とは、本来は別個のものである。たとえばよだかは焼身であるが、他の生命のためにという積極的な発想はない。〈デクノボー〉は自己犠牲の生ともいえるが、焼身はしない。

焼身は第二節でみてきたように、〈存在の原罪〉にたいする、情念として純粋化された対応の様式であるが、自己犠牲は第三節でみてきたように、〈存在の原罪〉にたいする、論理として純粋化された対応の様式である。

『グスコーブドリの伝記』という作品が、年代記的《クロノロジカル》な意味よりもむしろ、その内容において、賢治の「最後の作品」であるといわれる安定感をもつようにみえるのはそのためである。農民たちの生を飢餓から救い出すためのあらゆる現実的な技術の、その技術の極限において、自己の身体を火山の中に投ずるというブドリの最期は、情念と論理、美学と効用、観念と行為、宗教と科学といった、賢治の世界のダイナミズムを生み出してきたさまざまな両極性の納得のできる合一のかたちとして形象化されていたはずである。

それではこのような〈自己犠牲〉という観念が、ほんとうに賢治の最後の観念であっただろうか。

答えは然りであり、また否である。

〈自己犠牲〉という観念のうちに賢治が、自己存在の根拠についての解き難い課題と罪業意識の、ひとまずは納得のできる解決を見出してきたということは、みたとおりである。けれども賢治は、いつもこのこととほとんど同時に、この〈自己犠牲〉ということのさらにかなたにあるものの闇と光を見てしまっていたように思われる。

『学者アラムハラドの見た着物』というふしぎな草稿は、賢治が推敲《すいこう》と手入れの果てについに完成することのできなかった作品のひとつだけれども、この一篇だけ他の原稿とは「別の押入れから」死後に発見されたものである。(24) それは偶然の事情によるものかもしれないけれども、賢治の作品の系列の中で、この作品の特異な位置を暗示するもののようにも思われる。

学者アラムハラドは、街のはずれの楊《やなぎ》の林の中の塾で、十一人の子どもを教えている。ある日アラムハラドは子どもたちに、「人が何としてもさうしないでゐられないことは一体どういふ事だらう。」という質問をする。大臣の子のタルラが答えて、「人は歩いたり物を言ったりいたします。」という。アラムハラドは「よろしい。よくお前は答へた。」というが、さらに「お前はどんなものとでもお前の足をとりかへないか。」と問いつめられて、「私は饑饉《ききん》でみんなが死ぬとき若《も》し私の足が無くなることで饑饉がやむなら足を切っても口惜《くや》しくありません。」という。アラムハラドは、あぶなく涙をながしそうになる。つぎにブランダという子どもが、「人が歩くことよりも言ふことよりももっとしないでゐられないのはいゝことです。」という。アラムハラドは、「さうだ。すべて人は善いこと、正しいことをこのむ。善と正義とのためならば命を棄《す》てる人も多い。」といって、セララバアドという子どもを最後に指名する。このセララバアドという子どもは、アラムハラドがとくべつにすきな子どもで、この子が何か答えるときにはアラムハラドは、〈どこか非常に遠くの方の凍ったやうに寂《しず》かな蒼黒い空を感ずる〉のである。セララバアドはこのように答える。「人はほんたうのいゝことが何だかを考へないでゐられないと思ひます。」

アラムハラドはちょっと眼をつぶる。

眼をつぶったくらやみの中ではそこら中ぼおっと燐の火のやうに青く見え、ずうっと遠くが大へん青くて明るくてそこに黄金の葉をもった立派な樹がぞろっとならんでさ

んさんと梢《こずえ》を鳴らしてゐるやうに思ったのです。(25)

この美しい青い景色、闇のむこうに明るい空間のひらけているこの風景は、アラムハラドが自分の室に帰る途中にもういちどたち現われて、その中にこんどは〈はねのやうな軽い黄金いろの着物を着た人が四人まっすぐに立ってゐる〉のがみられる。

タルラとブランダの答えは、自己犠牲の倫理を確認するものである。けれどもセラバアドの答えは、この〈自己犠牲〉の前提する善や正義が、それ自体問い返されるべきものであること、つまり人間は、何がほんとうにいいことであるのかということを、考えないではいられないのだということを言おうとしている。

アラムハラドはこのセラバアドの答えをふまえて、「人は善を愛し道を求めないでゐられない。……おまへたちは、決して今の二つを忘れてはいけない。」と言っているから、自己犠牲の倫理がここで否定されているわけではない。けれどもこの〈自己犠牲〉のモラルがそれ自体、そのかなたにある闇や光にとりかこまれた有限のものであるということを、セラバアドの答えは開示してしまっている。

〈自己犠牲〉のモラルをとりかこむ闇とはさしあたり、〈倫理の相対性〉という恐怖としてとらえられる。

わたしたちが〈いいこと〉のために自分を犠牲にするというとき、なにがほんとうに〈いいこと〉であるか、それをどのようにしてわたしたちは知ることができるか。

友人の生命を助けて死んだカムパネルラは、文句のない善行にみえる。それでもカムパネルラは、泣きだしたいのをこらえているように急《せ》きこんで云わねばならない。「おっかさんは、ぼくをゆるして下さるだろうか。」カムパネルラがそのようにして早死してしまうことは、少なくともカムパネルラの母親にとって、ほんとうに〈ひどいこと〉である。

賢治が家をとび出して法華経の「国柱会」の運動に一身を投ずることは、少なくともその時点の賢治の信仰からすれば、正義のための自己犠牲である。けれどもそれはその父母にとって許しがたいことであったし、またべつに、「究極的に」それが正しい運動であったと保証するものは、どこにもないのだ。

〈自己犠牲〉のモラルはそれだけをとりだしてみれば、たとえば侵略の先兵として〈散華〉することも、抑圧的な支配のもとで身を粉にして働くことをも美化する道徳として利用されうる。

〈銀河鉄道〉のおわりのところで、「僕はもうあのさそりのやうにほんたうにみんなの幸のためならば僕のからだなんか百ぺん灼《や》いてもかまはない。」とジョバンニがいうとき、それはタルラやブランダのいう〈自己犠牲〉の思想をのべている。カムパネルラは、アラムハラドが〈あぶなくそうしそうになった〉ように、きれいな涙を眼にうかべながら「うん、僕だってさうだ。」と答える。「けれどもほんたうのさいはひは一体何だらう。」こんどはジョバンニが、セララバアドの問いを問う。「僕わからない。」カムパネルラは、ぼんやりと云うだけである。アラムハラドにもわからなかったし、作者の賢治にも、わからなかった問いである。そしておそらくは、あの美しい短篇を生前に完成することを賢治に許さなかった問いである。

〈自己犠牲〉という観念がおのれのまわりにひきよせてしまうこの闇は、ほんとうは〈自己犠牲〉という観念自体の内部に胚胎《はいたい》している闇の投影に他ならないのだ。

〈自己犠牲〉という観念を至上のものとしておこうとするとき、わたしたちは、そこにある〈暗さ〉をはじめから嗅《か》ぎとってしまう。〈息苦しさ〉といってもいいだろう。この暗さや息苦しさがどこからくるのかをかんがえてみると、それは第一に、自分自身に向けられたものとはいえ、それがひとつの「犠牲」であること、つまりひとつの抑圧をかならず内包しているということのもつ重苦しさであり、そして第二に、それがだれかの〈幸福のために〉なされるのだという効用、役立ちの図式というものの、身にまとう狭苦しさのようなものである。

自己があり、他者があり、それぞれの欲望の相剋《そうこく》があり、そのうえで自己の欲望を禁圧し、他者の幸福のために役立てる、といった構図の全体が〈自己犠牲〉という観念《コンセプト》の中にぬりこめられている。このような効用と自己抑圧の図式を前提するかぎり、他者たちの相互の欲望もまた相剋し、ある他者の幸福のためになされた自己犠牲が他の他者たちの不幸を帰結するというむざんな結果の可能性のまえに行為はいつでもさらされていて、〈ほんとうにいいこと〉が何であるのかという問いのまえに、ひとはいつまでも動揺をつづけるほかはないだろう。

〈焼身〉という幻想自体は、その純粋のかたちでは、このような効用と自己抑圧の図式を身にまとっていない。それは他者への〈役立ち〉ということよりも以前に、ただ〈自己〉を灼きつくすことへの端的な衝動であった。そしてこの端的な衝動こそが、〈自己犠牲〉というその合理化されたかたちに先立って、あらかじめ存在していたことをわたしたちは先にみてきた。

〈自己〉を灼きつくすことへの衝動が、たとえひとつの象徴として幻想のうちにではあれ、なにかの役立ちのために要請される以前に、それ自体として存在していたということは、わたしたちにとって、〈自己〉というものが、罪であるまえにひとつの罰であること、それを禁圧するべきものであるよりもまえにそこから解き放たれるべきものであるということを、示しているように思われる。

賢治がほんとうに行こうとしたのは、――賢治の合理化された観念がでなく、賢治のほとんど無意識の夢が行こうとしていたものは、――〈自己犠牲〉ということを至上の観念としなければならないような世界の重苦しさのかなたへ、自己犠牲ということをもまたそのほかのこととおなじに自在に、それと気づかれぬほどにも自在におこなうことのできる、ひとつの自由、ひとつの解き放たれた世界ではなかっただろうか。

焼身幻想、というはじめのモチーフは、〈他者の幸福のための役立ち〉というひとつの合理性と結合することをとおして、〈自己犠牲〉という納得のしやすい観念を形成することによって、ひとつの安定を見出すということをさきにみてきた。けれどもこのとき、〈自己〉を灼きつくすという原初のモチーフはその到り得べき射程をかえって失って、効用性の社会道徳の気圏の内部に繋留《けいりゅう》されたまま宙吊りにされてしまったのではないか。

賢治の作品における〈自己犠牲〉の主題というものが、「ほんとうはもっと他の、別のかたちをとるべきであったものが、何らかの原因から深く歪んだまま現実との断面に接して癒着したもの[26]」ではないかという天沢退二郎の直感を鋭いとわたしは思う。

天沢はかれの固有の問題意識からそれを、〈詩〉と生活の事実性のごときものとの背反としてその後に展開することになるのだけれども、それはわたしたちがこれからの章で、

〈ナワール〉と〈トナール〉、あるいはいわば、〈世界〉の内にあることと「世界」の内にあることとの異次元性の問題として展開してみようとしていることと、異質のものにみえながらじつは重なり合っている問題の文脈のように、わたしにはみえる。

いずれにせよあのアラムハラドが、〈自己犠牲〉とそれを囲繞《いじょう》する闇とのいっそうかなたにみていた青い空間、黄金色の着物をつけた木々の梢がさんさんさんと風に鳴る場所とはどんなところだろうか。

第三章　存在の祭りの中へ

賢治・画「日輪と山」(仮題)　木炭紙に水彩

一　修羅と春
——存在という新鮮な奇蹟——

雪が往《ゆ》き
雲が展《ひら》けてつちが呼吸し
幹や芽のなかに燐光や樹液がながれ(1)

宮沢賢治の他のどのような作品でもおなじだけれども、長詩『小岩井農場』の物語を支え、あるいはそこに語られる「思想」を生命のあるものとして根づかせている〈地《じ》〉のようなものは、固有の世界感覚のたしかさのごときものである。

それがそのやうであることにおどろきながら

という一行が賢治の詩のなかのどこかにあったように思うが、雪が往き、雲が展けてつちが呼吸し、幹や芽のなかに燐光や樹液がながれる、このようななにごとの不思議もないできごとのひとつひとつを、あたらしく不思議なものとして感受しつづける力。宮沢賢治の作品を読むという行為のなかでわたしたちが経験するのは、そこに展開する物語や「思想」に目を奪われておもしろいとかつまらないとか、深いとか通俗的だとかかんがえるそのわたしたちを、その反省の手前のところではじめからとらえてしまう、感覚の洗滌作用のごときものである。わたしたちが、まるではじめからわたしたちじしんのものであったかのように、(そしてほんとうにそのとおりなのだが)いつのまにか作者と共有してしまうのは、存在という奇蹟、存在という新鮮な奇蹟にたいして、これを新鮮な奇蹟として感覚する力のようなものである。

それよりもこんなせわしい心象の明滅をつらね
すみやかなすみやかな万法流《ばんぼうる》転《てん》のなかに
小岩井のきれいな野はらや牧場の標本が
いかにも確かに継起《けいき》するといふことが
どんなに新鮮な奇蹟だらう(2)

存在をひとつの奇蹟とみる感覚は、たとえばカルヴァンにもみることができる。ヘブライ・キリスト教の思想を極限にまで問いつめることをとおして逆にヨーロッパ近代精神を用意する要《かなめ》のところに立った思想家カルヴァンにとって、世界がどのように感覚されていたかということを、プーレはつぎのように書く(3)。

不安にさいなまれ、一本の糸の先にぶらさがったおのれの実在をながめる苦しみを負わされ、おのれの住んでいる土地が、「ひっきりなしに足場がひっくりかえるかと思われるほど深い地獄の上に」あるのを見ながら、失墜の存在は、瞬間から瞬間へ、奇蹟によってしか生きていないという心地になる。彼に与えられている各瞬間は、不可避的に転落の瞬間である。神は人間の実在の糸を絶えずくりのべて行くというよりは、復讐と絶滅の行為を、一瞬ごとに中止して、宙吊りにしているように思われる。

ここではけれども、〈存在の奇蹟〉ということの意味が、宮沢賢治のばあいとは正確に逆転しているということにこそ、注目しなければならない。

もともとヘブライ・キリスト教的な世界感覚にとっては、エリアーデなどものべているように、〈神〉によって祝福され秩序づけられた「世界《コスモス》」の内側だけが意味のかがやきをもつものであり、この「世界《コスモス》」の外にあるもの、生のままの自然それ自体のごときものは、罪深いもの、少なくとも無意味なものである。そうであればこそカルヴァンは、この遍在する闇の中への失墜を恐れ、〈神〉の恩寵による存在の奇蹟をその瞬間ごとに求めつづけねばならなかったのだ。このような〈意味の光源〉としての神それ自体を失い、あるいはそれを自己自身の内に吸収してしまった近代の理性にとっては、〈自我〉あるいは〈人類〉という孤独な光源、一切の意味の源泉が、遍在する宇宙の無意味のただ中につかのま存在し、やがてかくじつに虚無の中に没してゆくのだという、荒涼たる世界感覚だけが残される。「アメリカ人は自分の死のことを考えないことにしている[4]」のだという証言は、近代の世界感覚の救いのなさを表現しているだけである。

「アメリカ人」――つまりは現代の日本人をふくめての、近代人であるわたしたちの自我の、みたところの明るさとは反対に、〈修羅〉のイメージへと集結する賢治の自我は、暗いようにみえる。けれどもわたしをおどろかせるのは、この修羅をとりかこむ世界、存在の地の部分のごときものの、まばゆいばかりの明るさである。

四月の気層のひかりの底を／唾《つばき》し　はぎしりゆききする／おれはひとりの修羅なの

だ／(風景はなみだにゆすれ)／砕ける雲の眼路《めじ》をかぎり／れいらうの天の海には／聖《せい》玻璃《はり》の風が行き交ひ／ZYPRESSEN 春のいちれつ／くろぐろと光素《エーテル》を吸ひ／その暗い脚並からは／天山の雪の稜さへひかるのに／(かげろふの波と白い偏光)／まことのことばはうしなはれ／雲はちぎれてそらをとぶ／ああかがやきの四月の底を／はぎしり燃えてゆききする／おれはひとりの修羅なのだ／(玉髄の雲がながれて／どこで啼くその春の鳥)(5)

カルヴァンの自我が、――すなわちヘブライ・キリスト教世界出自の近代の自我の原型が、いわば遍在する闇の中をゆく孤独な光としての自我ともいうべきものであることとは対照的に、ここでの修羅は、いわば遍在する光の中をゆく孤独な闇としての自我である。

そらの散乱反射《さんらんはんしや》のなかに
古ぼけて黒くえぐるもの
ひかりの微塵系列《みじんけいれつ》の底に
きたなくしろく澱《よど》むもの(6)

『岩手山』というみじかい詩のなかで賢治は岩手山を描いているが、その岩手山は、宇宙に散乱反射する光の中に、黒くえぐられたひとつの欠如として表象されている。わたしたちがこの作品をとおして作者と共有するのは、存在の地の部分にこそみちあふれているいちめんのかがやきと光に向けられた感度のようなものである。(7)

まづもろともにかがやく宇宙の微塵となりて無方の空にちらばらう(8)

『農民芸術概論綱要』のこのよびかけが、このようなひとつの感度をその生地としていることはあきらかである。わたしたちが「自我」のかなたへゆくということを、ひとつの解放として把握する思想を支えることができるのは、このような世界感覚だけである。

二　向うの祭り

——自我の口笛——

修羅は春の中をゆくということを、賢治のいちばん基礎的な世界感覚としてみてきた。けれども賢治の自己感覚は、まさしくひとりの〈修羅〉として、春から疎外されたものとして、遍在する光の中をゆく闇としてあった。

川が烈しく鳴ってゐる。一月十五日の村の踊りの太鼓が向岸から強くひゞいて来る。強い透明な太鼓の音だ。(9)（『あけがた』）

〈向うの祭り〉とでもいうべき心象は、くりかえしさまざまな変形や移調をともないながら、賢治の作品にあらわれてくる。

（おれは全体川をきらひだ）

「おれ」はかなり高い声でいう。わたれない川とは何か？

　支流が北から落ちてゐた。おれはだまってその岸について溯った。

　空がツンツンと光ってゐる。水はごうごうと鳴ってゐた。おれはかなしかった。それから口笛を吹いた。口笛は向ふの方に行ってだんだん広く大きくなってしまひには手もつけられないやうにひろがった。(10)

口笛。口笛だけがひろがってゆく。

それは『銀河鉄道の夜』のジョバンニがいるところでもある。

「ザネリ、どこへ行ったの。」ジョバンニがまださう云ってしまはないうちに、

「ジョバンニ、お父さんから、らっこの上着が来るよ。」その子が投げつけるやうにうしろから叫びました。

　ジョバンニは、ばっと胸がつめたくなり、そこら中きぃんと鳴るやうに思ひました。

なぜならジョバンニのお父さんは、そんならっこや海豹《あざらし》をとる、それも密猟船に乗ってゐて、それになにかひとを怪我《けが》させたために、遠くのさびしい海峡の町の監獄《かんごく》に入ってゐるといふのでした。ですから今夜だって、みんなが町の広場にあつまって、一諸に星めぐりの歌をうたったり、川へ青い烏瓜《からすうり》のあかしを流したりする、たのしいケンタウル祭の晩なのに、ジョバンニはぼろぼろのふだん着のままで、病気のおっかさんの牛乳の配られて来ないのをとりに、下の町はづれまで行くのでした。

（ザネリは、どうしてぼくがなんにもしないのに、あんなことを云ふのだらう。(11)

……）

祭の晩なのに。

ジョバンニは町の明りの中をゆくひとりの闇だ。それはジョバンニがなにかをしたからというよりも、（ぼくがなんにもしないのに）ジョバンニの存在そのものが、ジョバンニのしらないところで背負ってしまっている罪のようなもののためである。

『花椰菜《はなやさい》』というふしぎな魅惑をもつ断片は、『あけがた』のばあいと同様、おそらく賢治がじっさいにみた夢にほとんど近いと思う。その情景の展開は、意識の力によるというよりは、〈夢の文法〉ともいうべきものの無意識の力によるとしか考えられない。それは賢治の無意識の風景のようなものを、最も純粋に露呈している表現のひとつであるように思う。

うすい鼠《ねずみ》がかった光がそこらいちめんほのかにこめてゐた。

そこはカムチャッカの横の方の地図で見ると山脈の褐色《かっしょく》のケバが明るくつらなってゐるあたりらしかったが実際はそんな山も見えず却《かえ》ってでこぼこの野原のやうに思はれた。

とにかく私は粗末《そまつ》な白木の小屋の入口に座ってゐた。

その小屋といふのも南の方は明けっぱなしで壁もなく窓もなくたゞ二尺ばかりの腰板がぎしぎし張ってあるばかりだった。

一人の髪のもぢゃもぢゃした女と私は何か談《はな》してゐた。その女は日本から渡った百姓のおかみさんらしかった。たしかに肩に四角なきれをかけてゐた。

私は談しながら自分の役目なのでしきりに横目でそっと外を見た。

外はまっくろな腐植土の畑で向ふには暗い色の針葉樹がぞろりとならんでゐた。

小屋のうしろにもたしかにその黒い木がいっぱいにしげってゐるらしかった。畑には灰いろの花椰菜《はなやさい》が光って百本ばかりそれから蕃茄《トマト》の緑や黄金の葉がくしゃくしゃにからみ合ってゐた。馬鈴薯《ばれいしょ》もあった。馬鈴薯は大抵倒れたりガサガサに枯れたりしてゐた。ロシア人やだったん人がふらふらと行ったり来たりしてゐた。全体祈ってゐるのだらうか畑を作ってゐるのだらうかと私は何べんも考へた。

実にふらふらと踊るやうに泳ぐやうに往来してゐた。そして横目でちらちら私を見たのだ。黒い朱子のみぢかい三角マントを着てゐたものもあった。むやみにせいが高くて頑丈《がんじょう》さうな曲った脚に脚絆《きゃはん》をぐるぐる捲《ま》いてゐる人もあった。

右手の方にきれいな藤いろの寛衣をつけた若い男が立ってだまって私をさぐるやうに見てゐた。私と瞳が合ふや俄《にわか》に顔色をゆるがし眉《まゆ》をきっとあげた。そして腰につけてゐた刀の模型のやうなものを今にも抜くやうなそぶりをして見せた。私はつまらないと思った。それからチラッと愛を感じた。すべて敵に遭《あ》って却《かえ》ってそれをなつかしむ、これがおれのこの頃の病気だと私はひとりでつぶやいた。そして哂《わら》った。考へて又哂った。

その男はもう見えなかった。

その時百姓のおかみさんが小屋の隅の幅二尺ばかりの白木の扉を指さして

「どうか婆《ばば》にも一寸遭《あ》っておくなさい。」と云った。私はさっきからその扉は外へ出る為のだと思ってゐたのだ。もっとも時々頭の底でははあ騒動のときのかくれ場所だななどと考へてはゐた。けれども戸があいた。そして黒いゴリゴリのマントらしいものを着てまっ白に光った髪のひどく陰気なばあさんが黙って出て来て黙って座った。そして不思議さうにしげしげ私の顔を見つめた。

私はふっと自分の服装を見た。たしかに茶いろのポケットの沢山ついた上着を着て長靴をはいてゐる。そこで私は又私の役目を思ひ出した。そして又横目でそっと作物の発育の工合を眺めた。一エーカー五百キログラム、いやもっとある、などと考へた。人がうろうろしてゐた。せいの高い顔の滑《なめ》らかに黄いろな男がゐた。あれは支那《しな》人にちがひないと思った。

よく見るとたしかに髪を捲いてゐた。その男は大股に右手に入った。それから小さな親切さうな青いきものの男がどうしたわけか片あしにリボンのやうにはんけちを結んでゐた。そして両あしをきちんと集めて少しかゞむやうにしてしばらくぢっとしてゐた。私はたしかに祈りだと思った。

私はもういつか小屋を出てゐた。全く小屋はいつかなくなってゐた。うすあかりが青くけむり東のそらには日本の春の夕方のやうに鼠色の重い雲が一杯に重なってゐた。そこに紫苑の花びらが羽虫のやうにむらがり飛びかすかに光って渦《うず》を巻いた。

みんなはだれもパッと顔をほてらせてあつまり手を斜《ななめ》に東の空へのばして

「ホッホッホッホッ。」と叫んで飛びあがった。私は花椰菜の中ですっぱだかになってゐた。私のからだは貝殻《がら》よりも白く光ってゐた。私は感激してみんなのところへ走って行った。

そしてはねあがって手をのばしてみんなと一諸に
「ホッホッホッホッ」と叫んだ。

たしかに紫苑のはなびらは生きてゐた。

みんなはだんだん東の方へうつって行った。

それから私は黒い針葉樹の列をくぐって外に出た。

白崎特務曹長がそこに待ってゐた。そして二人はでこぼこの丘の斜面のやうなところをあるいてゐた。柳の花がきんきんと光って飛んだ。

「一体何をしらべて来いと云ふんだったらう。」私はふとたよりないこゝろもちになってかう云った。

「種子をまちがへたんでせう。それをしらべて来いと云ふんでせう。」

「いや収量がどれだけだったかといふのらしかったぜ。」私は又云った。

向ふにべつの畑が光って見えた。そこにも花椰菜がならんでゐた。これから本国へたづねてやるのも返事の来るまで容易でない、それにまだ二百里だ、と私は考へて又たよりないやうな気がした。

白崎特務曹長は先に立ってぐんぐん歩いた。(12)

フロイトやその弟子たちがやるように、無意識のものを強いて意識の言葉で表現しようとすれば、ここにあるのはまずなによりも、ひとびとに対する深い疎外感だろう。花椰菜のなかの踊りのほんの一瞬の情景は、このことをするどく逆照射する光源のように生きている。

〈みんなはだれもパッと顔をほてらせてあつまり〉ひとつの方向にからだをのばして、「ホッホッホッホッ」と叫んで飛びあがる。〈私は花椰菜の中ですっぱだかになってゐた。〉私は感激してみんなのところへ走って行って、手をのばしてみんなと一緒に「ホッホッホッホッ」と叫んではねあがる。〈たしかに紫苑のはなびらは生きてゐた。〉

それはおそらく、賢治のユートピアの核のちかくにあるものである。

石牟礼道子の描く西南日本の漁民たちの十五日正月のあつまりの中の、

「あっ　あっ　ホッ　ホッ」

「あっ　ホッ　あ、　ホッ」

という、あの忘れられないかけあいをそれは思い起こさせる。(13)

手を上にのばすということ、両ひじをボディーの脇からできるかぎり遠くに離すということは、身体論的にみると、自我の防禦《ぼうぎょ》のとりはらわれた状態である。イスラム教のある一派が集団でおこなう儀式のひとつで、ラジニーシ派の瞑想法にとりいれられているもののうちに、両手を高くあげたまま「HOO、HOO、HOO、HOO」と叫びながら、みんなで高く飛びあがるというものがある。『なめとこ山の熊』のおわりには「回々教徒の祈るとき」の姿勢が出てくるが、賢治がこの一派のHOO、HOO、HOOとはねあがる儀式を知っていたという確率は少ないと思う。それよりもむしろ、人間のさまざまな文化の底をつらぬく、身体的な普遍性に根ざす符合であるように思う。

けれどもこのことはほんの一瞬の、文字どおり〈夢のまた夢〉のごときものであった。〈みんなはだんだん東の方へ〉うつって行って、私はとりのこされたと思う。私は黒い針葉樹の列をくぐって、〈外に出た。〉白崎特務曹長がそこに待っていて、私は私の〈役目〉へとつれもどされる。

あの花椰菜の中で私が〈すっぱだか〉であったという記憶は、〈解放〉と〈融合〉の表象であったにちがいないけれども、同時にまた、〈羞恥〉の表象でもあったはずである。それは『鹿踊りのはじまり』のおわりのところの、嘉十のあの苦笑いとかさなるものである。

嘉十は森のすすきの陰から鹿たちの祭りに見とれているうちに、もうほんとうに夢のようにそのなかに魅入られてしまう。すすきの穂までが鹿にまじって一しょにぐるぐるめぐっているように見えたとき、〈嘉十はもうまったくじぶんと鹿とのちがいを忘れて〉、「ホウ、やれ、やれい。」と叫びながらすすきのかげから飛びだしてしまうのだった。

　鹿《しか》はおどろいて一度《いちど》に竿《さお》のやうに立《た》ちあがり、それからはやてに吹《ふ》かれた木《き》の葉《は》のやうに、からだを斜《なな》めにして逃《に》げ出《だ》しました。銀《ぎん》のすすきの波《なみ》をわけ、かゞやく夕陽《ゆうひ》の流《なが》れをみだしてはるかにはるかに遁《に》げて行《い》き、そのとほつたあとのすすきは静《しず》かな湖《みずうみ》の水脈《みお》のやうにいつまでもぎらぎら光《ひか》つて居《お》りました。(14)

嘉十は〈ちょっとにが笑いを〉して、じぶんの手拭をひろって歩き出す。

このときの嘉十のさびしさと『花椰菜』の私の疎外感覚は、同型のものだと思う。『ペンネンネンネンネン・ネネムの伝記』のバケモノ国の基本犯罪が〈出現罪〉であることをすでにみてきた。ウウウウエイもまた、アフリカ、コンゴの林中空地で〈折柄月明によって歌舞、歓をなせる所の一群〉のうちに、つい魅入られて出現してしまい、〈一群を恐怖散乱〉せしめてしまうことになる。

『花椰菜』のなかの〈私〉は表面には罰せられないし、その出現が「罪」であるとはされていない。けれどもネネムがウウウウエイの〈罪〉として断罪したものが、〈私〉にとっては私じしんの〈羞恥〉として感覚されているということが、嘉十をなかだちに考えてみるとよくわかる。そしてこの国の農民たちは嘉十のみた鹿たちとおなじに、〈私〉に呼応することはなく〈私〉をとり残したまま、どこかへ「移動」してしまうのであり、〈私〉はもう外に出て、「本来の役目」のうちにじぶんを疎外する他はないのだ。

農民たちははじめから異邦人である。まばゆい奇妙な異人たちである。〈私〉と談《はなし》をしようとするのはいくらかは同国人の、〈髪のもぢゃもぢゃした〉女とか、〈ひどく陰気な〉老婆だけである。

一方私の〈本国〉からきた白崎特務曹長のほうは、もちろん紫苑のなかの踊りを共有しようとも思わない。彼は〈本国〉の人であることに自足していて、先に立ってぐんぐん歩いてゆくだけである。〈私〉は二重に疎外されている。

〈私〉がじぶんの服装を気にしているのは、そのためである。

私はふっと自分の服装を見た。たしかに茶いろのポケットの沢山ついた上着を着て長靴をはいてゐる。そこで私は又私の役目を思い出した。そして又横目でそっと作物の発育工合を眺めた。

続橋達雄は宮沢賢治の「服装に寄せる関心」の深さを指摘している[15]。

賢治の家が古着屋であったということもきっかけではあっただろうが、服装とは賢治にとって、人とつながる、つながり方の様式《スタイル》であり通路《メディア》であったからではないか。服装とは、「役目《ロール》」の記号に他ならない。百姓の老婆によってしげしげと見られた時に、私は私の対他存在である「役目」へと投げかえされる。私はどういう人間なのか。ひとびとにとって私とはなにか。いま、ここにいる女との談《はなし》の中に正面から目をみつめあって没入していてはいけない存在だ。いつも横目で作物の発育工合を眺め、出費や収量を計算しなければいけない。そうでなければ私はここに、――私の恋い慕っているこの異邦の土地にいる理由を失う。そういう「役目」をとおしてはじめて、私はここにいることができる。「役目」は疎外を橋わたしする。けれども「役目」は、また疎外を生みだしもする。

〈私〉はほんとうは「役目」を脱ぎすてて――〈茶いろのポケットの沢山ついた上着〉や長靴を全部ぬぎすてて、紫苑のまんなかで飛びあがりたい。けれどもそれは、嘉十のあやまちをくりかえすことだ。白崎特務曹長は、また農民の分身でもある。

童話『雪渡り』で幼い四郎とかん子とは狐の幻燈会に招かれるのだが、一郎二郎三郎という兄たちは十二歳以上であるので入場をことわられている。つまりわたしたちは、もう存在の祭りの中にふつうではそのままはいってゆくことはできない。〈みやげの餅《もち》をもたせて見送り、また帰りを出迎える〉ことしかできない。[16] 農業技術とは、そのように抑制された愛の表現にほかならなかった。

それはおそらく口笛のように、そして口笛のようにだけ、自我と存在をへだてる川をこえてゆく力をもつものであった。

三　〈にんげんのこわれるとき〉
――ナワールとトナール――

おまへの武器やあらゆるものは
おまへにくらくおそろしく
まことはたのしくあかるいのだ。(17)

宮沢賢治は、長詩『青森挽歌』のおわりのところで、このように謎めいたことを書いている。

修羅は春の中をゆくということを、カルヴァンや近代的自我の意識と対比しながら、この章のはじめにみてきた。けれどもこのことと、第一章のはじめにみたような、〈わたくしといふ現象〉をとり囲んでいるあの闇黒とはどのようにつながるのだろうか？　〈ひとつの青い照明〉とその周囲の闇、という構図は、むしろカルヴァンの――近代的自我の構図とおなじではないか？

ひとつの共同幻想(神！)や自己幻想(コギト！)がじぶんを絶対化してしまうとき、その余の部分はその幻想にとってひとつの「闇」として構成される。自我が自我として存立するかぎり、それはみずからを意味の光として、したがってその光のとどかぬ四囲をあたかもひとつの「夜」として構成してしまう。近代的自我をとりかこむ死の深淵とは、このように自我がみずからひきよせたものだ。

〈わたくしといふ現象〉をとり囲む「闇」はこのように、〈自我《わたくし》〉というかたち《ルーパ》に執着するかぎり暗くおそろしいものだけれども、ほんとうはそれ自体として、仮定された有機交流電燈のひとつの青い照明などよりは、もっとあかるい光の散乱反射する空間に他ならないのだ。

《幻想が向ふから迫つてくるときは
もうにんげんの壊《こわ》れるときだ[18]》

『小岩井農場』のパート九のなかにこういう二行がみられる。もちろんこのときの幻想は、にんげんの自我という幻想にとって幻想としてあらわれるもののことである。

それはさしあたり、詩人がこのときにその自我の解体という危険な場所に立っていたことを示す。「幻想」はいつも賢治の自我にみずからはコントロールできない力で、〈向うから〉迫ってくるのだ。

それではこの〈とき〉はどのようなときだったのか？

〈天の微光にさだめなく
うかべる石をわがふめば
おゝユリア　しづくはいとど降りまさり
カシオペーアはめぐり行く〉
ユリアがわたくしの左を行く
大きな紺いろの瞳をりんと張つて
ユリアがわたくしの左を行く
ペムペルがわたくしの右にゐる
……………はさつき横へ外《そ》れた
あのから松の列のとこから横へ外れた
《幻想が向ふから迫つてくるときは

もうにんげんの壊れるときだ》
わたくしははつきり眼をあいてあるいてゐるのだ
ユリア　ペムペル　わたくしの遠いともだちよ
わたくしはずゐぶんしばらくぶりで
きみたちの巨きなまつ白なすあしを見た
どんなにわたくしはきみたちの昔の足あとを
白堊系の頁岩《けつがん》の古い海岸にもとめただらう(19)

わたしたちがすでに序章でみてきたところだ。すなわち詩人が、まさしくこの旅で求めてきたもの、〈遠いともだち〉と出会う場所である。人間が他の生き物とわかれる以前の合流点、〈万象同帰〉のその場所である。

このことは詩人にとってこの〈危険な場所〉が、同時にひとつの〈出口〉でもあるのだということを示唆する。

さきの『青森挽歌』の中には、

《ヘツケル博士！

わたくしがそのありがたい証明の
任にあたつてもよろしうございます[20]》

という奇妙な一節がある。

この三行は、詩人が汽車の中で、妹の死のことをかんがえているときに突然のように挿入されている。

小野隆祥の考証によれば[21]賢治は中学五年のころに、丘浅次郎の『進化論講話』とともにヘッケルの『生命の不可思議』をおそらく読んで衝撃を受け、島地大等と生命の起源やゆくえの問題で問答している。

ヘッケルは生物学者で、〈個体発生は系統発生をくりかえす〉ということ、たとえば一人の人間の生は、人類の全発生史を凝縮《ぎょうしゅく》してくりかえすということをとなえた人である。またその門下のドゥリーシュはその実験の中で、「海胆《ウニ》の卵を四細胞、八細胞、十六細胞各期にそれぞれ、四つ、八つ、一六など各個の海胆に成長させえた。逆に多くの卵から一個の海胆を成長させもした[22]」。

すなわち生物の「個体」というもの、わたしたちが〈自我〉とよぶものの本体として絶対化しているものは、じつはきわめて境界のあいまいなもの、かりそめの形態《ルーパ》にすぎないものだということを、自然科学の方法によって証明した学派である。『春と修羅・序』の詩の中に、〈新鮮な本体論〉をかんがえる主体として海胆がとつぜん登場するのは、このためである。

『青森挽歌』でヘッケル博士が登場するのは、妹の死のときのことを思いおこしているときであった。やはり文脈を正確に引用しておこう。

わたくしがその耳もとで
遠いところから声をとつてきて
そらや愛やりんごや風　すべての勢力のたのしい根源
万象同帰のそのいみじい生物の名を
ちからいつぱいちからいつぱい叫んだとき
あいつは二へんうなづくやうに息をした
白い尖つたあごや頬がゆすれて
ちいさいときよくおどけたときにしたやうな
あんな偶然な顔つきにみえた
けれどもたしかにうなづいた

《ヘッケル博士！
わたくしがそのありがたい証明の
任にあたつてもよろしうございます(23)》

〈万象同帰のそのいみじい生物の名〉を、たとえば如来《にょらい》のごときものとして、わたしはこれまで読んでいたと思う。それでまちがいはないのかもしれないけれども、なぜそれが〈生物〉という奇妙なよび名でよばれているのか。

ちいさな自分を劃《かぎ》ることのできない／この不可思議な大きな心象宙宇のなかで／もしも正しいねがひに燃えて／じぶんとひとと万象といつしよに／至上福しにいたらうとする／それをある宗教情操とするならば／そのねがひから砕けまたは疲れ／じぶんとそれからたつたもひとつのたましひと／完全そして永久にどこまでもいつしよに行かうとする／この変態を恋愛といふ／そしてどこまでもその方向では／決して求め得られないその恋愛の本質的な部分を／むりにもごまかし求め得やうとする／この傾向を性慾といふ／すべてこれら漸移のなかのさまざまな過程に従つて／さまざまな眼に見えまた見えない生物の種類がある／この命題は可逆的にもまた正しく／わたくしには

あんまり恐ろしいことだ／けれどもいくら恐ろしいといつても／それがほんたうなら
しかたない／さあはつきり眼をあいてたれにも見え／明確に物理学の法則にしたが
ふ／これら実在の現象のなかから／あたらしくまつすぐに起《た》て[24]

『小岩井農場』の長詩のおわりの、思想的な結語のごとき個所である。

ヘッケルの『生命の不可思議』によれば、すべての生命は最初の生物〈モネラ〉から、さまざまな過程に従ってさまざまな生物の種類へと分化してきた。

そして賢治の時間意識は、序章二節でみてきたように、空間の第四次元のごとくに往復可能な時間のイメージであったから、この漸移《ぜんい》はまた〈可逆的に〉さかのぼることも可能なはずであった。それは、この個我を絶対視する〈わたくし〉にとってはあまりに恐ろしいことだけれども、同時にそれは、人と人、人間と他の生命たちとの間の障壁が、くずれることのないものではありえぬということの証拠でもあった。

中学生と女学生の賢治ととし子は、読んだばかりのヘッケルの書物のなかの、この〈モネラ〉という奇妙な名の生物のなかで、賢治ととし子も他のあらゆる人間たちも、他のあらゆる生命たちも、ひとつにとけ合っていたことがあったのだねなどと、なかばはおどけて語り合い、うなずきあうこともあったかと思われる。個体発生が系統発生をくりかえすならば、わたしたちひとりひとりの生の起源にも〈モネラ〉は存在するはずである。

この「生物」の名が二人のあいだで、個我とその他の生命たちとの同帰する根源にあるものを指す記号として、語り合われるたびにさまざまな意味を吸収してふくらみながら、〈対《つい》の語彙《ごい》〉——二人だけのあいだで通用することばとして定着していて、賢治は死んでゆく妹の耳に、必ずまた会おうねという暗号のように、ヘッケル博士のこのいみじい生物の名を、力いっぱい叫んだかもしれないと思う。

『小岩井農場』の詩のなかで〈にんげんのこわれるとき〉ということばが発せられるのは、このように進化の漸移をさかのぼり、人間が他の生命たちとふたたび合流する地点であることをさきにみてきた。〈ちいさな自分を劃ることのできない〉以下の、『小岩井農場』の結語の部分は、このような発生学と時間論とを前提としてはじめて解読することができる。

この認識が〈わたくし〉にはあまりに恐ろしいものであるのに、その確認から「あたらしくまっすぐに起つ」ことができるのは、このような〈万象同帰〉が、ほんとうはたのしくあかるい根源への出口でもあるのだという予感が、詩人にあったからである。

さて、「モネラ」とか、四次元時空論とかは、もちろんひとつの神話である。科学という名の神話である。わたしたちはそれを信ずることもできるし、また信じないでいることもできる。けれども神話とは、また真理の語られる様式でもある。わたしたちは真理の影を、さまざまな科学的、非科学的な時代の神話に託して語ることができるだけである。「モネラ」は存在しないかもしれぬ。時間は空間の第四次元ではないかもしれぬ。けれどもこれらの神話をとおして賢治が表現しようとしていた真理の生きられる核のところを、つかみとることだけがここでは問題なのだ。

賢治の世界像は、大正時代の日本に流入してきた、そしてまた残留していた、さまざまの科学や宗教をその素材として構築されている。けれどもこれらの科学や宗教が賢治の世界像を形成したのではない。賢治に固有の体感があり、切実な願望があって、これらの生きられた体感や願望こそが、その時代のさまざまな科学や宗教の断片を選び自分のまわりにひきよせながら、理性がなっとくのできるかたちにその世界像をくみたてるのだ。

〈にんげんのこわれるとき〉というこの世界像の芯《しん》を形成する体感とは、たとえば晩年の手帳の中に、〈わがうち秘めし／異事の数、〃異空間／の断片〉[25]とひそかに記されているような、日常合理の世界と自我との彼方に向ってほとんど無防備に開かれてあることの戦慄《せんりつ》のようなものに他ならなかったはずである。

また切実な願望とは、〈このからだそらのみぢんにちらばれ〉(『春と修羅』[26])、〈まづもろともにかがやく宇宙の微塵となりて無方の空にちらばらう〉(『農民芸術概論綱要』[27])といったことばを突然の不可抗力のように文脈から躍りあがらせてしまう、分身散体願望であり、個我をひとつの牢獄として切実に体感してしまう感受性であったはずである。*

＊　これらの体感や願望自体は、もちろんふたたび他者たちとの関係において〈かたちづくられてきたもの〉であるが、それらは読書による影響などとはべつの次元の、生育と生活の歴史の中におりこまれてきた力学のうみだすものである。

『青森挽歌』のなかで詩人が、ここでも自我の解体の危機にさらされているときに、賢治はこのように書いている。

感ずることのあまり新鮮にすぎるとき
それをがいねん化することは
きちがひにならないための
生物体の一つの自衛作用だけれども
いつでもまもつてばかりゐてはいけない(28)

いつでもまもってばかりいてはいけない、と。
〈がいねん化する〉ということは、自分のしっていることばで説明してしまうということである。たとえば体験することがあまり新鮮にすぎるとき、それは人間の自我の安定をおびやかすので、わたしたちはそれを急いで、自分のおしえられてきたことばで説明してしまうことで、精神の安定をとりもどそうとする。けれどもこのとき、体験はそのいちばんはじめの、身を切るような鮮度を幾分かは脱色して、陳腐《ちんぷ》なものに、「説明のつくもの」になり変わってしまう。

にんげんの身をつつんでいることばのカプセルは、このように自我のとりでであると同時に、またわたしたちの牢獄でもある。人間は体験することのすべてを、その育てられた社会の説明様式で概念《がいねん》化してしまうことで、じぶんたちの生きる「世界」をつくりあげている。ほんとうの〈世界〉はこの「世界」の外に、真に未知なるものとして無限にひろがっているのに、「世界」に少しでも風穴があくと、わたしたちはそれを必死に〈がいねん化する〉ことによって、今ある「わたし」を自衛するのだ。

このように、にんげんの身をつつんでいることばのカプセルとしての「わたし」と、その外にひろがる存在の地の部分とを、インディオの神話のことばを借りて〈トナール〉と〈ナワール〉とよぶことにしよう。

「〈トナール〉は社会的人間なのだ。」とインディオの知者ドン・ファン・マテオスはいう。「〈トナール〉は世界の組織者さ。その途方もないはたらきを言い表わす仕方はたぶん、世界の混沌《カオス》に秩序を定めるという課題を、それが背負っているということだ。われわれが人、間として知っていることもやっていることも、みんな〈トナール〉のしわざなのだ。」「〈トナール〉は世界をつくる。〈トナール〉は話すという仕方でだけ、世界をつくるんだ。それは判断し、評価し、証言することで世界をつくるんだ。いいかえれば、〈トナール〉は世界を理解するルールをつくりあげるんだ。(29)」

〈トナール〉はもともとわたしたちの守護者《ガーディアン》であるのだけれども、それはいつのまにか、わたしたちをじぶんの「世界」の内にとじこめる看守《ガード》になってしまう。(30)

〈ナワール〉とは、この〈トナール〉というカプセルをかこむ大海であり、存在の地の部分であり、他者や自然や宇宙と直接に「まじり合う」わたしたち自身の根源であるという。

「まったくわれわれは、おかしな動物だよ。われわれは心奪われていて、狂気のさなかで自分はまったく正気だと信じているのさ。」このようにドン・ファン・マテオスがいう(31)のは、わたしたちはトナールのつくりあげている〈ひとのせかいのゆめ〉だけを、正気の世界であると信じているからである。

それらひとのせかいのゆめはうすれ
あかつきの薔薇《ばら》いろをそらにかんじ
あたらしくさはやかな感官をかんじ(32)

賢治はとし子の行ったところを、このような空間としてとらえている。〈わがうち秘めし異事の数、異空間の断片〉と書かれた手帳のあとのところで、賢治はこの当時の「唯物論」の限界を批判してこう書いている。

唯物論要ハ人類ノ感官ニヨリテ立ツ。人類ノ感官ノミヨク実相ヲ得ルト云ヒ得ズ。(33)

つまり賢治は、人間の感覚器官でとらえられるものだけを信ずる考え方の「明晰さ」というものを批判して、人間の感官がそれじたい限界のあるものであることを指摘している。これはきわめて合理的な批判である。それはみずからの「明晰」を相対化する力をもった、真の〈明晰〉の立場といえる。

それは賢治が、〈ひとのせかいのゆめ〉をとりかこむあの夜のかなたに、あたらしくあかつきの薔薇いろをかんじ、〈自我〉にとっての闇であるものを、そらいっぱいの光の散乱反射する空間として感覚することのできる、〈あたらしくさはやかな感官〉の存在することを信じていたからである。*

＊　〈銀河鉄道〉のおわりのところで、エピステーメー(世界の見え方の基本わくぐみ)がそれ自

体時代によって根本から変わってしまうのだということを示したふしぎな本を登場させている。あの賢治の認識論・存在論のラディカリティも、もちろんこのような体感に支えられていた。

トナールの「明晰」をつきくずすもの、真の〈明晰〉への出口となるものは、さしあたり自我にとっては「幻想」のかたちをとって、つまり「説明のつかないもの」というかたちをとって、わたしたちの中に闖入してくるほかはないものである。《幻想が向ふから迫ってくるときは／もうにんげんの壊れるときだ》という内心のひとつの声が、〈わたくしははっきり眼をあいているのだ〉という確乎とした宣言によって応答されているのは、このためである。

〈おまへの武器やあらゆるものは〉ということばがあらわれるのは、賢治がとし子の存在のゆくえを求める旅の途上で、死者に向ってもひらかれている道を求めているときであった。いいかえればわたしたち自身の生が、〈意識ある蛋白質〉としてのつかのまの年月をこえて、存在の光の中に共に生きつづけてあることの認識を獲得しようとしているときであった。

意識ある蛋白質の砕《くだ》けるときにあげる声

（中略）

とし子の死んだことならば
いまわたくしがそれを夢でないと考へて
あたらしくぎくつとしなければならないほどの
あんまりひどいげんじつなのだ
感ずることのあまり新鮮にすぎるとき
それをがいねん化することは
きちがひにならないための
生物体の一つの自衛作用だけれども
いつでもまもつてばかりゐてはいけない
ほんたうにあいつはここの感官をうしなつたのち
あらたにどんなからだを得
どんな感官をかんじただらう
なんべんこれをかんがへたことか

（中略）

力にみちてそこを進むものは

どの空間にでも勇んでとびこんで行くのだ
ぢきもう東の鋼《はがね》もひかる
（中略）
もうぢきよるはあけるのに
すべてあるがごとくにあり
かゞやくごとくにかがやくもの
おまへの武器やあらゆるものは
おまへにくらくおそろしく
まことはたのしくあかるいのだ[34]

〈力にみちてそこを進むもの〉だけが、自分の「世界」に裂《さ》け目をつくって未知の空間に出で立ってゆくことができる。そこは〈がいねん化〉のはたらく以前の、すべてがあるがごとくにあり、かがやくごとくにかがやいてある場所である。賢治とし子、生きているものと死んでいるもの、人間とあらゆる生命、人間とあらゆる非生命とをわけへだてている障壁をつきやぶる武器は、わたしたち自身の内にあるナワールの力であった。今ある〈わたくし〉のかたち《ルーパ》に執着して自衛する力としてのトナールにとって、そのことがくらくおそろしい力にみえるだけである。それはわたしたちが〈外に出る〉こと、万象の同帰するあの光の中に身をさらすことの、恍惚《こうこつ》と不安がひとつのものであるような戦慄を表現している。

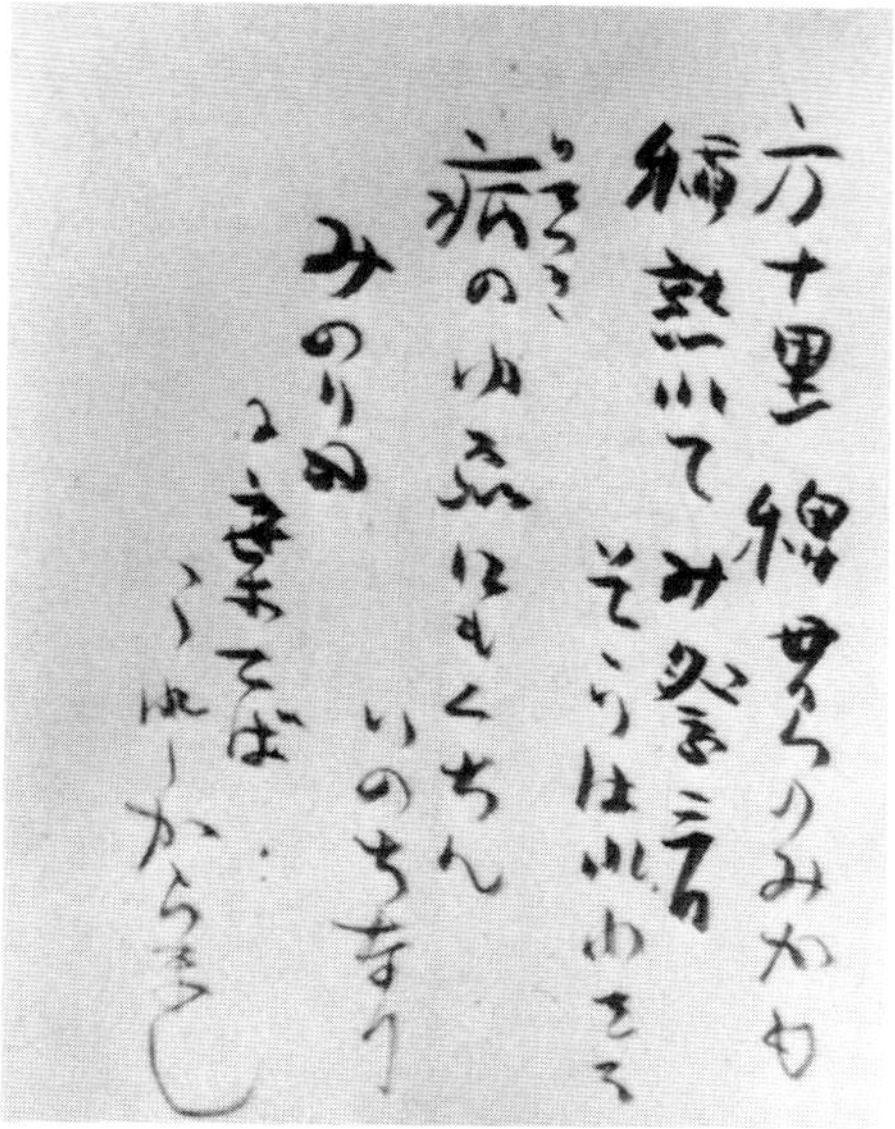

絶詠二首

方十里稗貫のみかも
稲熟れてみ祭三日
　そらはれわたる

病《いたつき》のゆゑにもくちん
　いのちなり
みのりに棄てば
　うれしからまし

四　銀河という自己
――いちめんの生――

「おきなぐさ」という草は賢治の愛した草だけれども、『おきなぐさ』という童話はそのうずのしゅげという、銀色の綿毛たちの旅立ちの日をこんなふうに描く。


　春の二つのうずのしゅげの花はすっかりふさふさした銀毛の房にかはってゐました。野原のポプラの錫《すず》いろの葉をちらちらひるがへしふもとの草が青い黄金のかゞやきをあげますとその二つのうずのしゅげの銀毛の房はぷるぷるふるえて今にも飛び立ちさうでした。

　そしてひばりがひくく丘の上を飛んでやって来たのでした。

「今日は。いゝお天気です。どうです。もう飛ぶばかりでせう。」

「えゝ、もう僕たち遠いとこへ行きますよ。どの風が僕たちを連れて行くかさっきから見てゐるんです。」

「どうです。飛んで行くのはいやですか。」

「なんともありません。僕たちの仕事はもう済んだんです。」

「恐かありませんか。」

「いゝえ、飛んだってどこへ行ったって野はらはお日さんのひかりで一杯ですよ。」


（中略）


「あゝ、僕まるで息がせいせいする。きっと今度の風だ。ひばりさん、さよなら。」

「僕も、ひばりさん、さよなら。」

「ぢゃ、さよなら　お大事においでなさい。」

奇麗なすきとほった風がやって参りました。まづ向ふのポプラをひるがへし　青の燕麦《オート》に波をたてそれから丘にのぼって来ました。

うづのしゅげは光ってまるで踊るやうにふらふらして叫びました。

「さよなら、ひばりさん、さよなら、みなさん。お日さん、ありがたうございました。」

そして丁度星が砕《くだ》けて散るときのやうにからだがばらばらになって一本づつの銀毛はまっしろに光り、羽虫のやうに北の方へ飛んで行きました。そしてひばりは鉄砲玉のやうに空へとびあがって鋭いみぢかい歌をほんの一寸歌ったのでした。[35]

〈星が砕けて散るときのやうにからだがばらばらになって〉そのうずのしゅげたちが、いつかあたらしいおきなぐさたちの生命のなかによみがえるという構図は、グスコーブドリの死と同型のものである。けれどもこれらのうずのしゅげたちの〈死〉は、あの〈自己犠牲〉の暗さも息苦しさもなく、生命連環の恍惚のようなものだけがある。

『いてふの実』という童話の中でも、銀杏《ぎんなん》の実たちがその旅立ちの日を、遠足の朝の学童たちみたいな不安とときめきをもって迎えているようすが描かれている。わたしたちが、じぶんの存在のかたちを変える日をこのように迎えることができないでいるのは、〈意識ある蛋白質〉としてのじぶんのかりそめのかたちに愛着することの烈《はげ》しすぎるからである。

天沢退二郎は『おきなぐさ』の宮沢賢治を、「死に魅入られたよう」と評しているけれども、反対にここにあるのは死のない世界、死のむこうにまでいちめんに生の充溢した世界であるように思う。宮沢賢治がじぶんの身体を〈みのりに捨《す》てる〉ことを願望し、そのようにその生涯の最後の日までを生きたのは、死に魅入られていたからではなく、このようにその身体のかなたにひろがるいちめんの生に魅入られていたからだと思う。

むしろこのうずのしゅげたちが、もういちどどこかの荒地で陽の光の変幻を浴びる無名のおきなぐさとして立ちあがるという、ゆっくりとした生命のリズムに充足することができず、今わたしたちが読んだうつくしい結末のあとに、二つのうずのしゅげたちのたましいは天上に行って星になったと思うなどという蛇足をつけくわえたところに、賢治の迷いの痕跡をみるべきであるかと思う。

第四章　舞い下りる翼

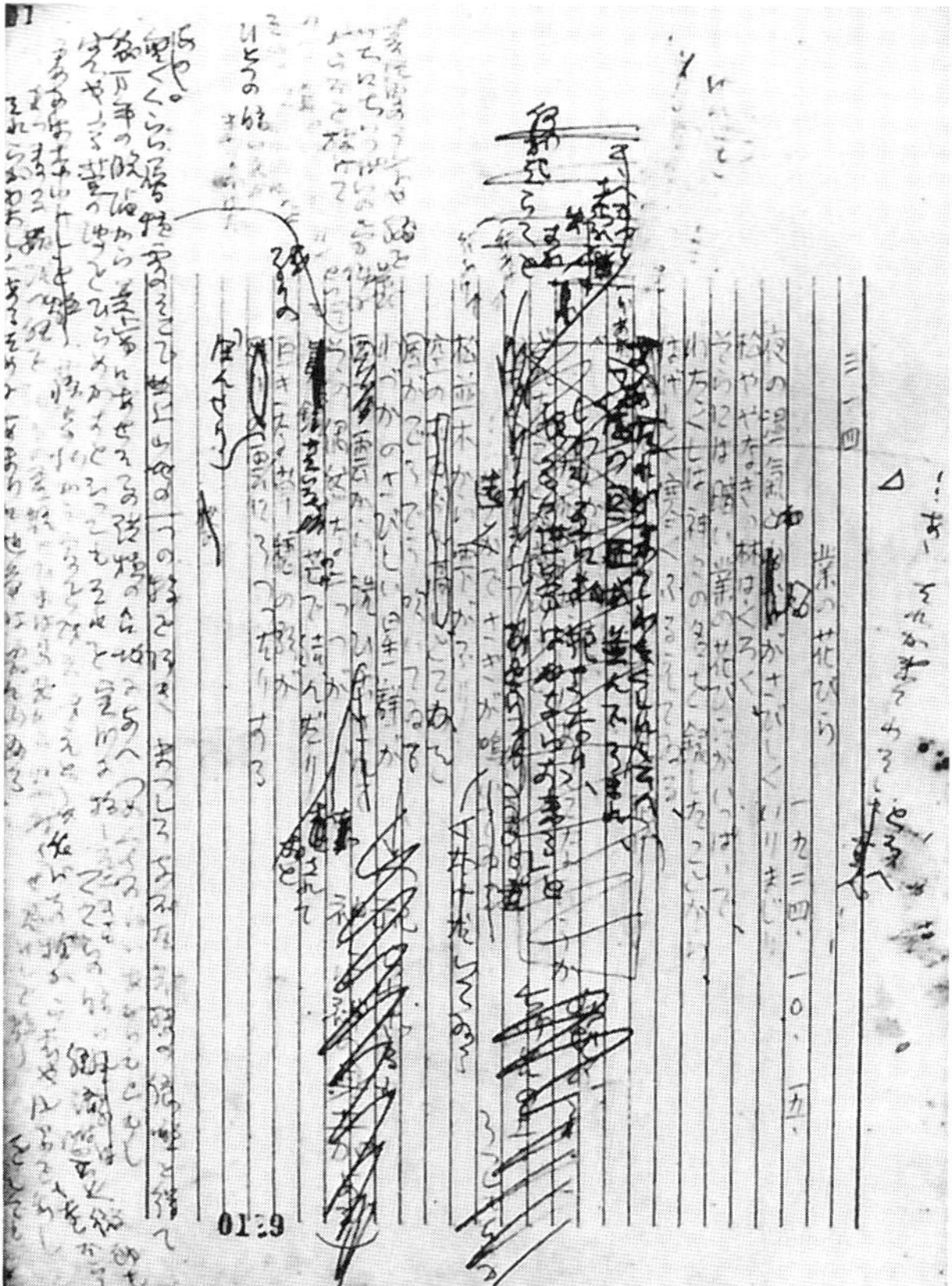

作品三一四「業の花びら」下書稿(一)

一　法華経・国柱会・農学校・地人協会

——詩のかなたの詩へ——

宮沢賢治の生涯をみると、福島章も着目するように[1]、ほとんど正確に六年ごとに、生活と思想の画期をなすような転機がおとずれている。

第一章でみたように賢治十二歳のときの父親の銀時計事件が、いわば賢治の〈思想のめざめ〉を画する事件であったということは、伝記者たちの記しているとおりであろう。

賢治の伝記においてほとんど伝説的なものとなっていて、「生涯の信仰をここに定めることとなる[2]」と校本全集年譜の編者が記すこととなる『妙法蓮華経』との出会いは、賢治十八歳のときである[3]。

そして賢治の「全存在の契機が、本質として集約されている[4]」と菅谷規矩雄がのべているように、賢治の生涯の凝縮された屈折点ともいうべき「大正十年の一年間」を、賢治は二十四歳で迎えた。この年一月、賢治は法華経の直接的な実践に身命を賭すべく突然家を出て無断上京し、「国柱会」の活動に奉仕している。同年八月には妹トシの病気の報をえて帰郷し、同年末には稗貫《ひえぬき》農学校（翌々年花巻農学校と改称）教諭として就職している。

これが賢治の生涯でいちばん長く、安定した職業生活であった。翌年のトシの死亡という純粋に外部から来た事件はもちろん、賢治の生涯の画期のひとつをなした事件にちがいなかったが、それがもしほんのすこしでも賢治自身の主体にかかわる要因に起因していたとするならば、（菅谷も示唆しているように、(5)）それはなによりもその前年の賢治の家出・上京をめぐる宮沢家の動揺と、賢治の唯一の同信者として父母との間にひきさかれたトシの心労をこそその素地ともし引金ともしていたはずであり、これ自体「大正十年」の激動の余波であったかもしれないのである。

それから数年後、三十歳になる直前に、賢治はそのユートピアの実践形態にいちばん近づいたと思われる「羅須地人協会」を設立する。

賢治の〈法華経〉との出会いがほとんど運命的なものとして賢治に感じられたのは、なによりもまず、それが賢治の意識の深部の〈家〉からの解放欲求によりしろを与えるものであったからである。「法華経」の異宗批判の力強さと攻撃性とは、念仏の声の絶えることのなかったといわれる宮沢の家のイデオロギー、ことに真宗の熱心な信徒でもあったかの

〈銀時計〉の父の精神的支柱に拮抗し、その呪縛から賢治を解き放つ力をもった「思想的」根拠を提供するものとして直感されていたはずである。もちろん賢治がその意識において、家のイデオロギーからの解放の根拠を求めて法華経を見出したというような話ではない。法華経の教えるところをこの青年が読みとる仕方、そしてこの読みとる仕方に全身のふるえがとまらぬほどの感銘をみずから受ける、その感動の仕方をほとんど意識の外部からみちびく力は、この青年にとってあらかじめ切実に生きられている願望でしかありえなかっただけである。それはかの六年前の〈銀時計〉事件に象徴されているいくつもの出来事たちが、少年の内部に傷口を深めていったはずの分裂と存在の不安定とを、少なくともこの時点においては、「超克」する展望をひらくものとしてたちあらわれていたはずである。

けれどもこのことは、法華経が賢治をどこから解き放ったかというかぎりの問題であって、どこへ解き放ったかということはそれだけでは確定されない。法華経がそれに固有の筆致によって賢治のまえにひらいてみせたのは、ひとつの華麗な時空間であった。存在するあらゆるものの生命の躍動する調和の世界の、けんらんたる視覚像ともいうべきものである。とりわけそれをとおして賢治がはっきりと獲得したにちがいないのは、水槽を横からみるように全宇宙をその無限に遠方からみる視線と、極微極細の存在の内部からみる視線との自在な変換の力のごときものであった。

それももちろんあらかじめ賢治がその教典の外で、四月の気層や有明やおきなぐさの咲く野の中で感覚していたものを、触発し、励起《れいき》し、成形したものにはちがいないのだが、法華経はこれに法華経固有の仕方で〈具象化された観念性〉ともいうべき彩色を与えて賢治を魅了したのではないかとわたしには考えられる。

法華経のとりわけ眼目とよばれている『如来寿量品』には、如来が〈父よりも父なるもの〉として描かれているところがあるが、賢治が熟読していたという田中智学の『本化妙宗式目講義』の最終章にはつぎのような記述がみられる。

たゞ自分だけ利益《りやく》を余計得よう、それは商人根性だ、吾が親を慕ふのが孝行であるといふ様な小さな料簡はこれ亡国の商業、亡国の孝行である。之を打破ッて三千大世界を一抛《いちぼう》する大忠孝、天地法界が即ち父なり君なりである。わが君もわが父も天地法界の徳を以て吾に授《さず》けた、われ須《すべか》らくまた天地法界の徳を以て之に答へざるべからず、という大忠孝観が本化《ほんけ》の忠孝観である。(6)

それは法華経＝「日蓮主義」が賢治をどこから解き放ち、どこに向って解き放ったかということを、ほとんど露骨にすぎることばで明示している。

この当時、法華経＝日蓮主義教学をもっとも積極的に展開し宣布していた田中智学が、そのあらゆる著作においてくりかえし強調していたことは、「折伏《しゃくぶく》立行」、つまり「実践」の優位ということであった。二十四歳のときの「突然」の家出上京に先立つ三年、少なくとも三年の間賢治が考えつめていた問題は「摂折《しょうじゃく》」問題、つまり摂受《しょうじゅ》か折伏《しゃくぶく》かというもんだいであった。摂受とは人をうけいれた上で「道力」をもって法を説くことであり、折伏とは「威力」によって相手をうちくだき、法に屈伏せしめることである。折伏を強調するのが元来日蓮宗の開祖以来の特質であった。

二十一歳の春、高等農林卒業後の進路について父と対立していた賢治は、〈今は摂受を行ずるときではなく折伏を行ずるときだそうです。けれども慈悲心のない折伏は単に功利心に過ぎません。〉という書簡を親友の保阪嘉内に書きおくっている。[7] それから三年間、母校の研究生としての土性調査と、トシの看病のための上京等を除いて、大部分家業の店番をしてすごした賢治は、この間に『摂折御文・僧俗御判』という文書を編集している。これは田中の著作をもとに、摂受と折伏、僧籍と還俗《げんぞく》についての経典類からのぬきがきを集めたものである。「これらの抜書きを追ってゆくとき、ぼくらは、摂受か折伏かという問いが、そのまま〈実践〉の如何という命題に直結されていることを知る。[8]」平尾隆弘はこのように書いて、田中智学のつぎのような「獅子吼」を引用している。

諸君！　予は宣言す、「聖祖を信奉して二心なき」諸君は、聖祖の命じ賜《たま》う所とあらば、仮令《たとえ》山が崩れて来やうが、海が寄せて来やうが、天が堕《お》ちやうが、地が裂けやうが、聊か《いささ》も狐疑逡巡《こぎしゅんじゅん》することなく、絶対的に之を行り遂げねばならぬ、聖祖の止め賜ふ所とあらば、仮令、主君の命でも、父母の勧《すすめ》でも、妻子が手をすッて頼むとも、其為に命を取らるゝとも、断々乎として為してはならぬ、若《も》し口にはその通り唱へても、心と身に之を行はなかッたならば、即ち聖祖に背《そむ》く師敵であると決定して信ぜねばならぬ(9)

賢治はこのような倫理的恫喝にだけは弱い人間である。

「賢治にとって、質・古着商の番台に坐っていることは〈実践〉の絶対性からは遠く外れたことだと考えられていた。田中智学の浅薄な〈実践〉の概念を、賢治は自身の痛みとして過剰にひきよせたのである。」このように平尾が書いている(10)とおりだとわたしも思う。

大正九年秋、二十四歳になったばかりの賢治は田中の創設した国柱会に入会し(五月頃という説もある)、その年の暮は町内を歩き寒修業をし、翌年一月二十三日に家人に無断で出京し、翌朝上野に着いてすぐ国柱会の本部を訪れて、智学の足下でどういう仕事でもするつもりだと決意を告げる。

上京の時の様子は、よく知られている関徳弥あての手紙によればつぎのようである。

何としても最早出るより仕方ない。あしたにしやうか明後日にしやうかと二十三日の暮方店の火鉢《ひばち》で一人考へて居りました。その時頭の上の棚から御書が二冊共ばったり背中に落ちました。さあもう今だ。今夜だ。時計を見たら四時半です。汽車は五時十二分です。すぐに台所へ行って手を洗ひ御本尊を箱に納《おさ》め奉《たてまつ》り御書と一所に包み洋傘を一本持って急いで店から出ました。(11)

書物が二冊棚から背中に落ちてきたというアクシデントを、賢治がひとつの宿命を告知するものとして感覚したということのうしろには、平尾隆弘が詳細に追跡を重ねてきたとおり、これだけの根拠があった。

けれども賢治を待ちうけていたのは、智学に代って応対に出た幹部のいくらか冷淡な、——と、いうよりも当惑した「御諭《さと》し」であり、「あてにして来た国柱会には断はられ実に散々の体」(12)という日々であった。

賢治は本郷の小印刷所のガリ版切りで生計をたてるかたわら、国柱会の「街頭演説」や返信事務をめぐる雑用などを与えられていたらしい。

この国柱会での「活動」は、菅谷規矩雄がいうように、「ついに宮沢になんらの活力ももたらさなかった。」「上京中のおよそ七ケ月間、であうひとすべてが同信のなかまであるはずの国柱会で、宮沢はただのひとりとして心をかよわせる対手、友や知己をえた形跡がない――わずかに高知尾智耀とのあわい(多分に事務的な)交渉をのぞいては。そしてまたこの期間、国柱会の活動を介してただのいちどの法悦・随喜を味わった気配もない。異様なまでの不毛さが感じられるのである。(13)」

八月に賢治はトシの病気の報《しら》せをうけて帰郷し、これ以来二度と、長期に生活する目的で東京に出ることはなかった。ただ賢治の生涯をとおして最も旺盛な創作意欲は、この上京の挫折《ざせつ》の直後に開花している。賢治生前に出版された唯一の童話集『注文の多い料理店』の九篇の童話はいずれも、この秋から翌春にかけてのわずか半年ほどの期間に集中して書下されており、『春と修羅』の主要詩篇の数々もまた、この昂揚とすぐに接続する時期に創作されている。

その年の暮れに賢治が郷里の農学校教師に就職していることは、この時の帰郷が賢治にとって、妹の看病のための一時の不本意なものというより、東京の国柱会での「活動」にはっきりと見切りをつけてのものであることを示しているように思われる。

農学校に就職した当座の賢治は、「何からかにからすっかり下等になりました。[14]」と自嘲する一方で、学校で「文芸や芝居やをどりを主張」して、周囲から「けむたがられて居ります[15]」ほどにもある種の情熱をもって教育にうち込んでいる。

教師としての四年間が賢治の生涯の中でほとんど唯一のように、「じつに愉快な明るいものであり」「わたくしはこの仕事で疲れをおぼえたことはなかった」のはなぜか。それは賢治の固有性の中の、ひとびとの内にとけこもうとする願望と、ひとびとの内にとけこむことのできない資質との、幸福なバランスを実現してくれる職業であったからであり、とりわけ郷里の農学校教師という位置が、賢治の下降欲求を、賢治の身体＝存在の画する限界によって破綻《はたん》する手前のところで、充足するものであったからではなかっただろうか。

法華経を観念的に信仰しながら質屋＝古着屋の店先に坐って零細農民と対峙《たいじ》するという生活はもちろんのこと、東京でガリ版切りのアルバイトをしながら国柱会の「街頭宣布」の人足集団などを構成する生活もまた、賢治を具体的にひとびとの内にとけこませるものではなかった。農学校教師としての賢治は、全人的教育の一環として、生徒と共にみずから脚本を書いた芝居を上演して農民たちにみせ、芝居のあとはその舞台道具を焚《た》いて周囲を円舞したりしたし、あるいは北上《きたかみ》の河岸に生徒を引率し、泥岩の広場を遊舞し水泳したという。平尾隆弘のことばをかりれば、「生徒たちとのあいだに、幾度かは、ちいさなヘポラーノの広場〉が現出[16]」したはずである。

賢治がたべものの標徴としてりんごを好んだということを序章でみてきたけれども、それが「めし」でなくりんごであったということのうちに、菅谷規矩雄は賢治の生活思想としての限界を追求している。[17] 賢治の資質を最も破綻なく活性化することのできるひとびととの融合の仕方の位相は、生活の下半身を捨象したままの、魂の融合であった。このような位相の交流をゆるす固有の対象とは、なによりもまず〈児童〉である。〈児童〉とは、性という意味においても生産という意味においても、その存在の基礎を大人の身体にゆだねたままで、魂の交流《イノセンス》を生きることのできる人生の幸福な日々のよび名に他ならない。賢治にとって自然な表現の領域が、まず童話であり「少年小説」であったということも、もちろんこのこととかかわるだろう。そしてりんごとは、だれよりもまず〈児童〉にいちばんふさわしいたべものである。賢治はじぶんの童話作品を、それじたいりんごとしてかんがえていたように思う。

けれども賢治に固有の資質のダイナミズムを構成するもうひとつの極は、倫理の徹底性《ラディカリティ》というべきものであった。賢治の倫理の徹底性《ラディカリティ》は、性という意味での生活の下半身を捨象することを賢治に許したけれども、生産という意味での生活の下半身を捨象することを賢治に許さなかった。教師という仕事、とりわけ農学校の教師という位置は、それが明るくたのしいものであり、生徒たちの魂にふれるものであればあるほど、賢治の内部でこの分裂と負い目の意識を具体的に拡大しないではおかなかった。数年後に賢治がこの農学校教師をやめたいきさつについて、実弟の宮沢清六はつぎのようにのべている。

近因は種々あったが、やはりその前々からの言動を綜合して見るときに、「生徒には農村に帰って立派な農民になれと教えていながら、自分は安閑《あんかん》として月給を取っていることは心苦しいことだ。自分も口だけでなく農民と一しょに土を掘ろう。」というのが、彼の性格として当然であったろうと私には思われる。(18)

多少の単純化はあるにしても、また「近因は種々」べつにあったにしても、基本的には、そのとおりにうけとってよいようにわたしは思う。

賢治が法華経の「信者」であることにあきたらず、最も実践的な教団に加入して活動を開始するときも、また東京の国柱会本部直属の人間として組織の指示を待つという実践の形態に見切りをつけて、郷里の農学校教師として自立するときも、そして今賢治が農業を口に説くものであることにあきたらず、「農民と一しょに土を掘ろう」とするときも、みなすこしずつ角度はちがっても、〈自分でやらなければだめだ〉という直截なただひとつの倫理の衝迫によって、その都度の下降を実現して来たのだった。

三十歳の年からわずか二年前後の「羅須地人協会」の仕事、すなわち、まがりなりにも賢治の「農民としての」月日は、中村稔が指摘するように(19)、教師として、あるいは質屋の店番としての年月よりさえみじかいものであった。けれども賢治の生涯を論ずるものの関心がこのみじかい年月に集中していることは、もちろん根拠のあることである。それは賢治が最もその思想を純粋に近いかたちで生きた年月であったからであり、その思想の靭《つよ》さも深さも限界も破綻《はたん》もそこに凝縮したかたちで露呈しているからである。

羅須地人協会時代の賢治の生活をわたしたちはつぎのような記録から知ることができる。

桜の住居に移ってからは粗食はいっそう度を高めた。魚肉類は断ち、納豆を買えば納豆ばかり、豆腐を買えば豆腐ばかり、何もないときは醬油《しょうゆ》をかけて飯を食った。飯は釜の許すかぎり幾日分一度に炊き、冬は凍ったのをガリガリ食べ夏は腐らぬようザルにうつして井戸のなかにつるしていた。昭和二年の四月、たずねてきた叔母に云った。「僕は茄子《なす》の漬物が好物で、それさえあれば何もいらない。ところがある日、近くの子供に「茄子二本食べたぞ」と言ったら、ほう、一度に二本もか、といってびっくりされたものな。僕は百姓と同じように暮せばいい。」

賢治は、住居のすぐ近くの杉林にかこまれた三反あまりと、遠い北上川のへりの二反三畝《せ》の畑で作物をこさえていた。ある日、母が一緒に畑へ出て野菜や草花をとっているうちに夕刻となった。「もう休もう、疲れた」と母が何度云っても、「あれ、あの人はまだ稼《か》せいでるがら」とかれはこたえ、近所の人がひとりでも畑にいるうちはいつまでも手を休めない。「あの人たちは畑から帰れば晩ごはんができている。おまえはちがうのだからそんなに気兼ねすることはない」と母が請《こ》うてもききいれなかった(20)。

二年後の一九二八年八月、賢治は「稲作の不良を心配し、風雨の中を奔走して肋膜《ろくまく》炎にかかり、」とうとう父母のもとに帰って病臥する(21)。四〇日間熱と汗とに苦しんだことをもって、羅須地人協会の活動は終焉している(22)。

いずれにせよ、賢治の資質の核を構成するなにものかの衝迫力が、賢治の現実の身体＝存在の画するかにみえた限界をつきぬけてなお、〈実際の下層農民〉の生活形態に限りなく近いと観念される生活の仕方にまで賢治を駆って下降せしめずにはおかなかったことを、わたしたちはここに知ることができる。

羅須地人協会

二　百万疋のねずみたち
――生活の鑢《やすり》／生活の罠《わな》――

賢治をこのようなすさまじいばかりの下降にみちびいた衝迫力とはなにか？　それをさしあたりひとつの〈倫理〉として表現してきた。それはたとえば〈家の業〉への負い目のごときものとして、とりわけ賢治じしんには倫理として意識されてきたにちがいない。けれども倫理がその人の生の総体を主導するほどにも力強い動因でありうるためには、必ずひとつの本質的な欲求がこの倫理を支えているはずである。賢治のばあい、この下降への〈倫理〉の実質をなしている欲求とは何か。それはわたしたちがすでにみてきたはずのもの、〈存在の祭り〉の中への自己解放の衝迫であったと思う。〈すきとほったきれいな風〉や〈桃いろの朝の日光〉の中へ、そして賢治がその理念の中でこれら〈自然〉の風や光と同致してきた、農民たちの〈生活の共同性〉の中へ。

〈虔十《けん》〉や〈デクノボー〉やその他賢治がほとんど究極のものとして造形した存在たちの像

は、下層農民をふくめての〈ミンナ〉からさえばかにされ、さらに下方に疎外されてある存在であった。〈よだか〉の上昇欲求と〈虔十〉の下降欲求はかたちをかえたおなじものであり、〈このからだそらのみじんにちらばれ〉という願いは、大地のみじんにちらばれといってもおなじことであったはずである。（じっさいに〈デクノボー〉とは、大地のみじんにちらばる様式にほかならなかった。）

賢治の存在の芯を構成する衝迫とは、このように、時代の農民の生活の共同性の水位をさえもつきぬけて、いっそう下にある〈自然性〉ともいうべきものにまで到りつくことにこそあったはずである。けれども賢治は、じぶんにとって究極のものが、現実の農民たちの生活の共同性の水準からさえいわば下方に孤立するはずのものだということとその意味するところを、充分明確に認識することはなかったように思われる。それははじめにみたように、〈自然性〉からの疎外のもんだいと〈共同性〉からの疎外のもんだいとの離接不全を賢治にもたらして、少なくとも地人協会の実践のはじめのころまでは、〈自然〉にたいしても〈農民〉にたいしても、単純化された幻想を賢治につきまとわせることとなった。

その結果、賢治が〈そらのみじんにちらばる〉（あるいは大地のみじんにちらばる）生き方を具体的に生きようとすればするほど、賢治はそれとは反対のもの、ひとりひとりや部落部落の功利と打算と怨恨と体面と、それらすべてのうらがえしとしての通俗道徳のうずまく「生活」の共同性の重力の中に身をしずめねばならないことになった。

「農民」ではなく〈地人〉協会という名称をはしなくも賢治がえらんだことは、いきなり「農民」を自称することのおもはゆさということもあったかもしれないけれども、それよりも賢治にとって〈地人〉とは、〈大地のみじんにちらばる〉ものとして規範化されたかぎりの農民像であったにちがいない。賢治は『農民芸術概論』講義の中で、「農民と云はず地人と称したい」と語り、「農民芸術とは宇宙感情の　地　人　個性と通ずる具体的なる表現である(23)」とのべている。＊

＊「羅須」についてはラスキン説、修羅の逆立説、「須《スベカ》ラク地人ヲ羅《アツ》ムベシ」説、「四維《しい》地人ヲ須《マ》ツ」説、無意味説など種々あるが省略(24)。

賢治が〈地人協会〉として農民の「中に入って」活動をじっさいに開始するとたちまち、この〈地人〉の理念のうちに重ね合わせられてきた二つの契機は、剝離《はくり》を開始する。賢治が〈地人協会〉の創立日と思い定めていたのは一九二六年八月二十三日であったらしい(25)が、それからわずか十日後の日付をもった『饗宴』と題する詩では、〈ムラ〉共同体のつきあい酒に引出され、潔癖な賢治の感性がほとんどこの席に耐えることができず、以後数日の病を予感しているさまが描かれている(26)。

けれども〈饗宴〉は、まだしも〈地人協会〉の活動自体にとってはいわば随伴的なものであった。賢治が〈地人協会〉の活動それ自体において正面から直面しなければならなかったのは、農民たちの生活の共同性の、つぎのような現実であった。

火祭りで、／今日は一日、／部落そろってあそぶのに、／おまへばかりは、／町へ肥料の相談所などこしらえて、／今日もみんなが来るからと、／外套など着てでかけるのは／いゝ人ぶりといふものだと／厭《いや》々ひっぱりだされた圭一が／ふだんのまゝの筒《つつ》袖《そで》に／栗の木下駄をつっかけて／さびしく眼をそらしてゐる／……………くらしが少しぐらゐらくになるとか／そこらが少しぐらゐきれいになるとかよりは／いまのまんまで／誰ももう手も足も出ず／おれよりもきたなく／おれよりもくるしいのなら／そっちの方がずっといゝと／何べんそれをきいたらう／（みんなおなじにきたなくでない／みんなおなじにくるしくでない）／……………さうしてそれもほんたうだ／（ひば垣や風の暗黙のあひだ／主義とも云はず思想とも云はず／たゞ行はれる巨きなもの）／誰かゞやけに／やれやれやれやれと叫べば／さびしい声はたった一つ／銀いろをしたそらに消える(27)

〈さうしてそれもほんたうだ〉と、いちどはかんがえなおしてみる力をもつことは、賢治の度量だ。けれどもここにみられる動揺のようなもののうちには、賢治がほとんど予想もしていなかったものの不意打ちをくらったかのごとき、当惑の色がみられる。

〈もう二三べん／おれは甲助をにらみつけなければならん〉というつぶやきにはじまるべつの詩稿には、〈饗宴〉とおなじ主題が扱われている。ここでも賢治は、工夫《こうふ》慰労の名目をだしにつかって幹部ばかりで呑《の》むという偽善にたいして、新鮮な向っ腹をたててみたり、また考え直してみたりしている。民衆（農民）の中の俗悪な部分にたいして、賢治はこれを憎んでいいのか愛していいのか、首尾一貫しない態度をとるほかはなかったように思われる。

『業の花びら』というかつての詩稿の下書稿のひとつの余白に、賢治はおそらくこの時期に、つぎのような書込みをびっしりとたたきつけている（二〇四頁図版参照）。

　あの重くくらい層積雲のそこで北上山地の一つの稜を砕《くだ》き　まっしろな石灰岩抹の億噸《トン》を得て／幾万年の脱滷《だつろ》から異常にあせたこの洪積の台地に与へつめくさの白いあかりもともし／はんや高萱《たかがや》の波をひらめかすと云ってもそれを実行に移したときに／ここらの暗い経済は／恐らく微動も／しないだらう／落葉松《からまつ》から夏を冴《さ》え冴えとし銀ドろの梢から雲や風景を〔制〕し／まっ青な稲沼の夜を強力の電燈とひまはりの花から照射

させ鬼げしを燃し(二字分空白)をしても／それらが楽しくあるためにあまりに世界は歪《ゆが》
んでゐる(28)

〈それらが楽しくあるためにあまりに世界は歪んでゐる〉のは、社会の階級のゆがみだけでなく、（そのことに規定はされているとしても）農民たちの生活の共同性それ自体の歪み、その〈自然性〉からの剝離《はくり》と屈折の巨大さに対面しての絶望でもあったはずである。（この〈自然性〉それ自体がふたたび、規範として純化されたかぎりでの「自然」の理念に他ならないということは、ここではべつの問題である。）

農民たちのこの位相にたいする賢治の態度にどのような動揺があったにしても、――つまりひとびとのそれをどのように怒り、あるいは愛し、あるいはただ事実として容認しようとしたとしても、賢治自身は、けっして「生活」のこの功利打算の地平にその身を置くということはなく、〈羅須地人協会〉の活動の全期間をとおして、そこからの無垢《むく》をけっぺきに守りとおそうとした。賢治が協会の主要な活動の形態とした肥料相談は、一切無償でおこなわれたし、百姓たちがそれではすまないとせんべいの一包みを置いていったりすると、賢治はそれを集会に来た人びとに食べてもらった。そしてせんべいやソバをくれた人の名を必ずきいておき、あとから草花の種とか苗とかをちゃんと返しに出したという(29)。また賢治は〈地人協会〉で農耕にも従事していたが、その作物は売却するというのではなく、自分で消費する分のほかは、リヤカーを引いて「町内に配給」したりしていた。(30)

これらの挿話は、賢治の無欲を示すものとしてつたえられているし、それはそのとおりだけれども、賢治がほんとうの下層農民とはちがってこういうことができたのは、中村稔が指摘するように、(31)賢治がじぶんで生活のために稼ぐということをしなくても生きられたからである。賢治は教員時代でさえ、給与はレコード代、書籍代などに使ってしまって、生活は親に依存していた。〈羅須地人協会〉の土地建物自体をはじめ一切の経済援助を、賢治は商家である父母に期待することができた。

それは〈甘え〉であるということももちろんできる。それは正しいが、その〈生計〉を人びとの慈悲にゆだねきるというかたちでみずからを功利の外にげんみつに保つインドの〈聖者〉の生き方を、日本近代の社会の中で可能な形で獲得したのだともいえる。賢治にこれができたのは、独身禁欲《ブラフマチャリヤ》をとおしたからでもある。それは賢治の意志である。「大人」のする二つの仕事——生殖と生計の営為にその身体を汚さぬということによって、〈子供でありつづけること〉を、賢治はひとつの思想として選んだのである。あるいはあえていうならば、賢治の資質がその境遇の中で、ほとんど無意識に選びとらせた生き方の戦略であった。

これだけのことをここで認めたうえでなお、わたしたちは、つぎのように言わなければならないだろう。賢治がその生計を父親の〈家〉にゆだねることをとおしてその〈無垢〉を守りとおしたということは、功利というかたちの生活の重力を間接のものとすることによって、いわば延べ払いにしただけであり、賢治はこのことの代償を、いつかは自分の思想と実践の桎梏《しっこく》としてたちあらわれるものとして支払わねばならないはずのものであった。このことをわたしたちは、のちにみるだろう。

けれどもこのときの賢治の活動は、この延《の》べ払《ばら》いの決算をもとめられるよりももっと手前のところで、「生活」のもうひとつの罠《わな》にその足をすくわれて破綻《はたん》を来たしてしまう。前節でみてきたように、賢治は協会の活動の無償性をつらぬく一方で、〈粗食と労働〉だけは現実の下層農民に限りなく近いと観念されるところにまで同致していた。けれども賢治の、富豪の御曹子《おんぞうし》としての社会的存在を集約している身体は、下層農民のそれとおなじではありえなかった。賢治はたとえば、農耕のつかれが「頭脳の働きを低下する」という単純な事実にさえあらためて愕然《がくぜん》としなければならなかった。

賢治は、農耕生活に入って修正したものは、むしろいいものをわるくした傾向もあるといって歎声を洩したこともあるといいます。労働して身体がくたくたに疲れた場合は、どうしても頭脳の働きが低下するというのが、賢治の持論でした。[32]

生活が思想にしかける罠のうち、〈功利性の罠〉をさしあたり回避しとおした賢治をとらえた、このもうひとつのいっそう直接的な身体の罠こそは、やがて〈風雨の中を奔走して肋膜炎にかかり、父母のもとに帰り病臥〉することを賢治に強いることをもって、〈羅須地人協会〉の活動の幕そのものをいきなり断ち落とすに至る力でもあった。

けれどもこのような破綻に至りぬくことをこそ、賢治はみずからの思想としてじぶんに課したのである。

賢治は〈羅須地人協会〉時代のある時期に、農学校教師時代の後半の詩作を一巻にあつめたときに、その序詞のなかにつぎのようなことを書きつけている。

けだしわたくしはいかにもけちなものではありますが
自分の畑も耕せば
冬はあちこちに南京ぶくろをぶらさげた水稲肥料の設計事務所も出して居りまして
おれたちは大いにやらう約束しやうなどいふことよりは
も少し下等な仕事で頭がいっぱいなのでございますから

さう申したとて別に何でもありませぬ
北上川が一ぺん汎濫《はんらん》しますると
百万疋《びき》の鼠《ねずみ》が死ぬのでございますが
その鼠らがみんなやっぱりわたくしみたいな云ひ方を
生きてるうちは毎日いたして居りますするのでございます(33)

百万疋のねずみたちのうちの一疋であるということは、〈そらのみじん〉であることよりももっとときたないイメージであり、これとは異質のものである。

ここで賢治は、農民たちの生活の現実性と〈宇宙的なるもの〉とのあいだの剥離《はくり》をもはやはっきりと目にいれたうえで、しかも賢治は、まず〈ねずみ〉でありきるということをとおしてはじめて〈みじん〉となることもできるというふうに、思い定めているようにみえる。〈よだかの星〉は今も天上でもえつづけているが、ジョバンニは天気輪のある坂を駆け下りる。ジョバンニが坂を駆け下りるのは、ジョバンニが地上にもまた〈愛する者〉をもつからである。それはジョバンニが詩を断念したからではなく、詩を生きようとしたからである。それは天沢のいうように、「詩人が《詩の夜》とでもいうべきものから閉め出されること(34)」を暗示するものかもしれないけれども、ジョバンニは昼間の詩を求めるためにそうしたのである。それが背理ではないということ、先験的な形容矛盾ではないということに、賢治はじぶんの思想のすべてを賭けたのである。法華経から国柱会へ、農学校へ、地人協会へ、賢治は坂を駆け下りつづけた。それは詩の断念ではなく、〈詩のかなたの詩〉をうたうことに思想を賭けたからである。賢治は詩人でありそして技術者であったのではない。そういう人間はたくさんいる。技術とは彼が固有に詩人であるあり方に他ならなかった。彼が推敲《すいこう》を重ねたはずの幾千枚かの肥料設計もまた彼の「作品」であった。〈詩のかなたの詩〉はまた、〈生活のかなたの生活〉に他ならなかった。

そして賢治は、たぶん天沢らの予告するようにそこで破綻し、そこで倒《たお》れた。破綻したあとの賢治がそのみじかい余生を託したのは、「文語定型詩」、つまり詩としての詩を生から疎外し、これを完成させることであった。「文語定型詩」がそれ以前の賢治の仕事とくらべて、すぐれたものであるか否かということを論議してもはじまらないだろう。それは好みの問題である。ただわたしたちは、賢治の「文語定型詩」、詩としての詩の創作ということがひとつの断念の様式としてあったという事実のむこうに、逆にそれ以前の賢治が希求し、それ以前の仕事の中に賢治がこめてきたものが、〈詩のかなたの詩〉であったという稀有《けう》の事実を、もういちど思いかえしてしまうだけである。

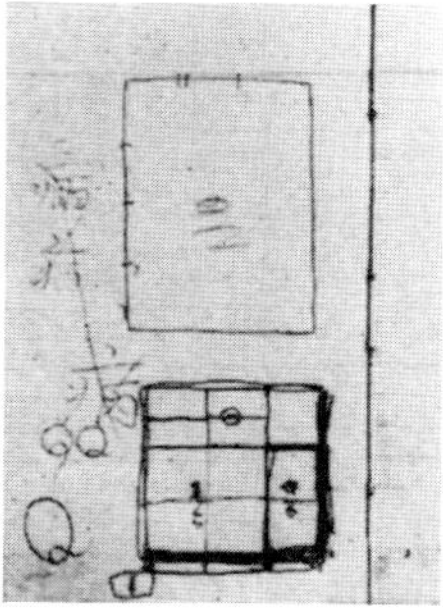

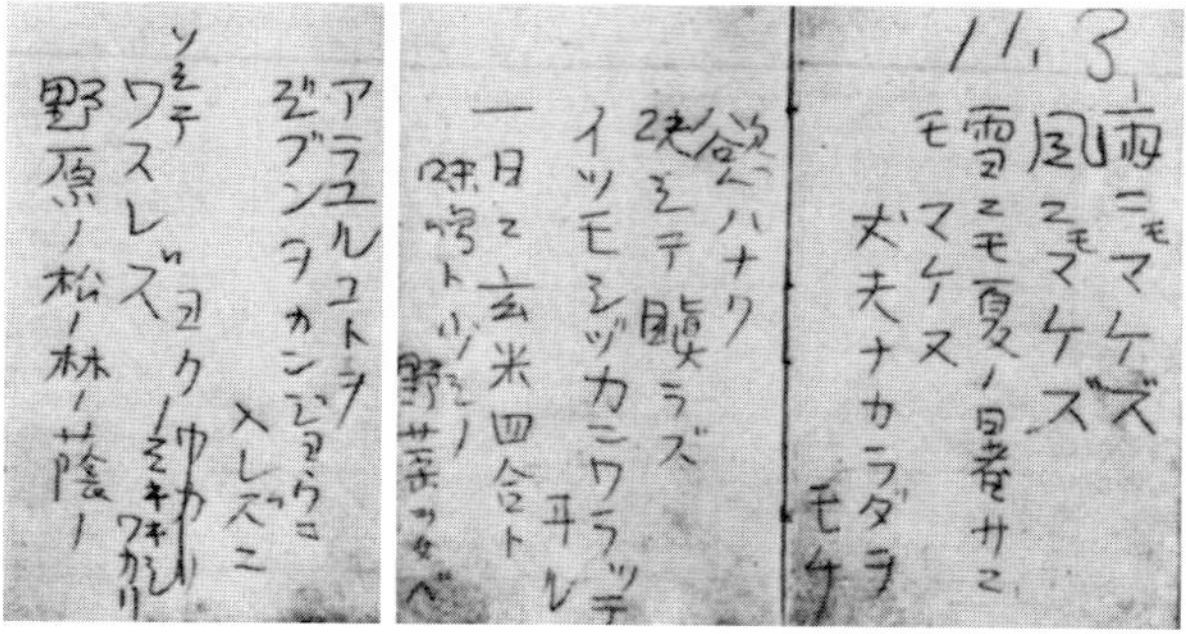
11.3
雨ニモマケズ
風ニモマケズ
雪ニモ夏ノ暑サニモマケヌ
丈夫ナカラダヲモチ
慾ハナク
決シテ瞋ラズ
イツモシヅカニワラッテヰル
一日ニ玄米四合ト
味噌ト少シノ野菜ヲタベ
アラユルコトヲ
ジブンヲカンジョウニ入レズニ
ヨクミキキシワカリ
ソシテワスレズ
野原ノ松ノ林ノ蔭ノ

50-59ページ

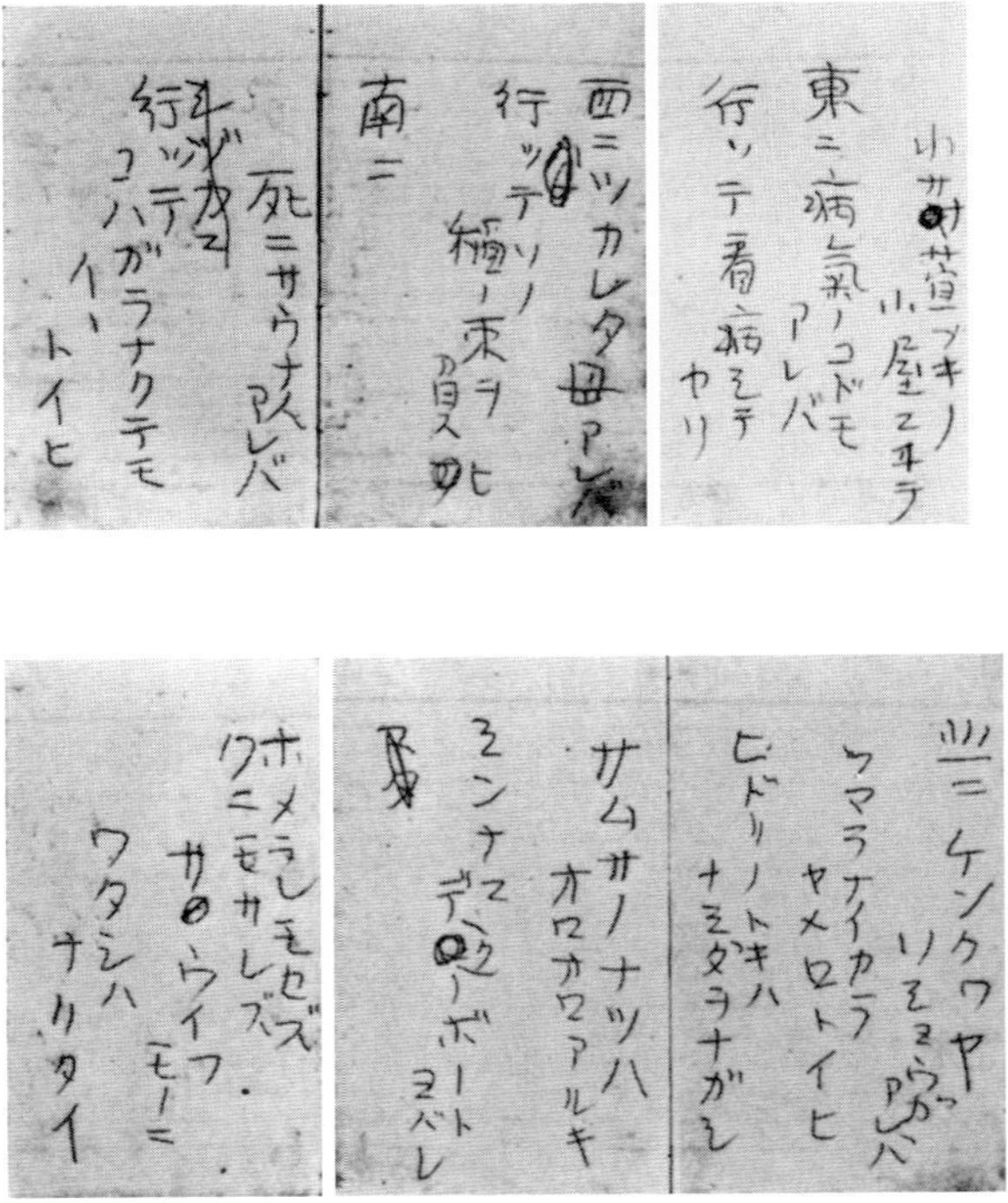

小サナ萓ブキノ小屋ニヰテ
東ニ病氣ノコドモアレバ
行ッテ看病シテヤリ
西ニツカレタ母アレバ
行ッテソノ稲ノ束ヲ負ヒ
南ニ
死ニサウナ人アレバ
行ッテコハガラナクテモイヽトイヒ
北ニケンクワヤソショウガアレバ
ツマラナイカラヤメロトイヒ
ヒドリノトキハナミダヲナガシ
サムサノナツハオロオロアルキ
ミンナニデクノボートヨバレ
ホメラレモセズ
クニモサレズ
サウイフモノニ
ワタシハナリタイ

1931年11月3日の手帳より

三　十一月三日の手帳
——装備目録——

宮沢賢治は、死の十日前の日付の手紙のなかで〈羅須地人協会〉時代の協力者のひとりにたいしてつぎのように返信している。

あなたがいろいろ想ひ出して書かれたやうなことは最早二度と出来さうもありませんがそれに代ることはきっとやる積りで毎日やっきとなって居ります。(35)

またたぶんこのすこしまえに書かれた手紙の下書き稿では、

根子では私は農業わづかばかりの技術や芸術で村が明るくなるかどうかやって見て半途で自分が倒れた訳ですがこんどは場所と方法を全く変へてもう一度やってみたいと

思って居ります。[36]

と書きつけている。

これらのことは賢治がおそらくその死の時まで、「文語定型詩」という断念と平行しながら、他方ではなお〈詩のかなたの詩〉への情熱を抱きつづけていたことを示唆するように思われる。

賢治にもういちどそのたたかいがありうるとしたら、具体的になにが必要だっただろうか。賢治がじぶんの倒れたところから、たちあがってさらに遠くまで前進することがありうるとしたら、何と何とが必要なことだっただろうか。賢治はこのことを、その病床で考えぬいていたはずである。一九三一年十一月三日の手帳、「雨ニモマケズ」の書き出しでよく知られている〈詩でない詩〉もまた、このことの文脈をぬきにしては考えられない。

それはそのまま、賢治がその〈破綻に至りぬく〉試行の中で具体的にみてきたそのときの自己の限界に対応するものであったはずである。わたしたちがみてきたように、それはまず第一に直接的な身体性の罠であり、第二には間接化された功利性の罠、エゴイズムの罠ともいうべきものであった。

身体について、平尾隆弘はこう書いている。

おそらく、賢治の挫折は、この持続性に肉体が耐えきれなかった、という事実にあるのではない。その事実が、ついに「おれたちはみな農民である」という表明を裏切ってしまったことにあったのだ。「いそがしい田植どき　病気ではたらけなかったことは　村ではそのまゝ罪なのだ」から。賢治が村のひとりの百姓ならば、「病気がそのまゝ罪だとされ」るといって病いを歎いたに相違ない。しかし、かれはそう口にすることすら許されない。[37]

賢治の身体はなによりもまず、賢治の下降に限界を画するものとしてたちあらわれる。それは賢治の身体が、その父祖の家の業ゆえに、雨からも風からも雪からも夏の暑さからも保護されてきたものとして、その社会的存在の集約としてあるからである。

それは『ポラーノの広場』草稿の、キューストの苦い屈折を思い起こさせる。キューストがファゼーロやミーロたちといっしょに〈ほんとうのポラーノの広場〉を「ぼくらの手で」つくり上げようと意気投合する。キューストは思わず「ぼくもうきみらの仲間にはいろうかなあ」と叫ぶ。「ああはいっておくれ。おい、みんな、キューストさんがぼくらのなかまへはいると。」「ロザーロ姉さんをもらったらいいや。」みんなはもう大喜びだが、わたくし（キュースト）は「思わずぎくっとして」しまう。「いや、わたしははいらないよ。はいれないよ。なぜなら、もう、わたくしのからだは何もかもできるといふ風にはなっていないんだ。……諸君のやうに雨にうたれ風に吹かれて育ってきてゐない。ぼくは考はまったくきみらの考だけれども、からだはさうはいかないんだ。」

〈羅須地人協会〉発足二年目の夏以後のある時期に賢治は、このような場面を旧稿の中に挿入し、そしてまた全文を削除している。(38)

賢治は病《やまい》を、自分の存在の罪に照応するものとして意識していた。『ポラーノの広場』の作中の事件のおこる一九二七年六月に、賢治はじぶんの「詩ノート」の中に〈罪はいま疾《やまい》にかはり……〉と書き記している。

〈功利性の罠〉を賢治は、その経済的な利害得失という意味では超越することができたということを、すでにみてきた。賢治が障害として見出したのは、もう少し理念化されたエゴイズムとしての自尊心の問題であった。さきに引用した手紙のなかで賢治はこのように書いている。

私のかういふ惨《みじ》めな失敗はたゞもう今日の時代一般の巨きな病、「慢」といふものの一支流に過《あやま》って身を加へたことに原因します。(39)

賢治はじぶんの「失敗」を、ついには病を得たことまでも含めて「慢」の一字に煮つめて考えていた。

物質的な意味での利害得失を賢治が超越することができたのは、〈家〉に生活を依存しえたためであることをすでにみてきた。このことをとおして賢治は、鷗外とも鏡花とも白秋ともちがった仕方で、〈詩《うた》うこと〉と〈生きること〉とをひとつのものとする道を求めつづけてゆくことができた。けれども賢治の生存を支え、その精神を一切の功利の念から浄化しておくことを賢治に保証したのが、『農民芸術概論』の理想とさえもことなって（そこでは芸術を創作する者の生活を、「人々」がいわば交互に保証し合う）、たとえば直接に農民たちでなく〈家〉であったこと、直接には父であったということは、賢治の倫理に桎梏《しっこく》をもたらさずにはいなかった。父母の足下で病を養っていた賢治は、やはり〈羅須地人協会〉時代の熱心な協力者のひとりにたいして、こんな哀《かな》しい書簡を書いている。

私の幸福を祈って下すってありがたう、が、人はまはりへの義理さへきちんと立つなら一番幸福です。私は今まで少し行き過ぎてゐたと思ひます。おからだお大切に。まづは。(40)

賢治がじぶんの思想的放蕩の帰結について（当時の日本の普通の家族では、思想や運動は放蕩《ほうとう》の一種であった）、どれほど家族に気兼ねをしなければならなかったかということは、愛弟子の来訪のときにもてなしができなかったことをわびているつぎの書簡下書の一節からも知ることができる。「先日は折角《せっかく》訪ねて下すったのに病后何かにうちへも遠慮で録《ろく》なおもてなしもせずまことに済みませんでした。」(41)

賢治晩年の「断念」は、身体的な疾患それ自体によるだけでなく、むしろこのような家にたいする「不義理」をこれ以上重ねるわけにはいかないという思いにこそ、いっそう強く制約されていたにちがいない。

〈功利性〉からの自由の代償は、家への心の負債としてつもり、〈まはりへの義理さへ〉たてばという形で、いつか賢治の倫理の視界をさえぎるものとしてたちあらわれていた。

もしも賢治が「場所と方法を変へてもう一度」やりなおすことがあったとすれば、今度こそこの〈家〉からの自立を前提とするものでなければならないはずだった。事実賢治は、前記の書簡下書きの中でこのことの決意をのべたすぐあとに、つぎのような文章を接続している。

こんどは場所と方法を全く変へてもう一度やってみたいと思って居ります。けれども左の肺にはさっぱり息が入りませんしいつまでもうちの世話にばかりなっても居られませんからまことに困って居ります。

私は一人一人について特別な愛といふやうなものは持ちませんし持ちたくもありません。さういふ愛を持つものは結局じぶんの子どもだけが大切といふあたり前のことになりますから。

尚全快の上。(42)

この断片は一方で、賢治がその再起にとって〈家〉からの自立が必須であることを充分に考えぬいていることを示していると同時に、また一方でこの自立を現実に不可能としているものが、またしてもその〈病熱〉であることを示している。一切は「尚全快の上」である。

このようにして、賢治がその試行の全体を総括し、〈詩のかなたの詩〉に、〈生活のかなたの生活〉に向かうたたかいに再起することを具体的に考えぬいてゆくかぎり、賢治の思考は二つの焦点に収斂してゆく他はなかった。第一に直接的には、自己の身体＝存在の再構築に、そして第二に究極的には、エゴイズムとしての「慢」の解体に。

十一月三日の手帳の思想は、すべてこの二つの焦点に向けて照準されている。（二三〇―二三一頁図版参照）

〈雨ニモマケズ／風ニモマケズ／雪ニモ夏ノ暑サニモマケヌ／丈夫ナカラダヲモチ〉ということは、上昇欲求でも自然への対抗意識でもない。雨にも風にも雪にも夏の暑さにもさらすことのできる身体であること。それら自然とまじりあい、そしてそのような存在としての農民たちとまじり、〈ファゼーロ〉たちともまじりあうことのできる身体であること。それらのものから自分を防衛しなくてもよい存在であることのための、現実的な条件である。〈雨に生まれることのできないのは何といふいらだたしさだ〉(43)。

〈一日ニ玄米四合ト／味噌ト少シノ野菜ヲタベ〉とは、何という具体性だろう。それは半途で倒れた登山家が、再度のアタックのためのじぶんの装備目録を、最低限必要なもののリストを、周到綿密に点検して自分の手帳に記入している態度ににている。

〈野原ノ松ノ林ノ蔭ノ／小サナ萱ブキノ小屋ニヰテ〉。そこはとし子の魂の宿っていると感じられた空間でもあるが、同時に賢治は、手帳のこの詩の前のページに、「小サナ萱ブキノ小屋」の設計図とわたしには思われるものを書きつけていることを忘れてはならないだろう。はじめ六畳の枠《わく》を仕切ってこれを捨て、四畳半の枠を仕切って、一畳を「仏間」、二畳か三畳くらいを「居間」にあてている。これもまた装備目録である。

生活の鑢《やすり》に拮抗《きっこう》する主体としての身体を構築すること。充分に強靭で無駄のない身体＝存在のための最低限度の条件のひとつひとつを具体的に確認すること。

〈欲ハナク／決シテ瞋《イカ》ラズ／イツモシヅカニワラッテヰル〉〈アラユルコトヲ／ジブンヲカンジョウニ入レズニ／ヨクミキキシワカリ／ソシテワスレズ〉という事項で第二の主題が書き起こされるのは、それがエゴイズムとしての「慢」の解体を主題とするからである。〈ヨクミキキシワカリ〉とは一般に頭のよさということではなく、吉本隆明がいうように弱いもの、小さいもの、醜いもの、卑《いや》しめられているものに向かう〈察知〉の能力である。[44] それらのものの語られないことばをきく力、みえないものをみる力である。〈ワカル〉ということは、自我に裂け目をつくること、解放への通路をひらくことである。

〈東ニ／西ニ／南ニ／北ニ〉その都度の弱いもの、小さいものと共にあること、というかたちは、一つの身体をもつものとして〈大地のみじんにちらばる〉ことを具体的に生きようとするときのかたちに他ならぬだろう。

〈ヒデリノトキハナミダヲナガシ／サムサノナツハオロオロアルキ〉ということは、技術の合理性の放棄でもなく社会の変革の忘却でもなく、ただこれらの一切のまえに、およそこれらの技術や変革を意味のあるものとすることのできる最初の前提を、「慢」の解体として確認しただけである。

〈ミンナニデクノボートヨバレ〉ることを、賢治がわざわざ願望しているわけではない。そんな無気味なマゾヒズムでなく、ただ存在の祭りの中に在ることが、この社会の価値の序列をしんじるひとびとの目からみて無にもひとしいものであることを、意にかけるつもりはないということを宣言しているだけである。

それは賢治をたたきのめした生活の罠にたいする周到綿密な反撃の装備目録を、あらゆる悔恨をのみ下しながら点検したものである。じぶんのたおれたところからもっと遠くまでゆくためには何と何とが必要か？　そういう装備の目録を呪詛《じゅそ》のように書きつけた紙片をにぎりしめたまま、現実の賢治はその〈平途〉に倒れたところから立ち上がることはなかった。

小岩井農場と岩手山

四　マグノリアの谷
——現在が永遠である——

宮沢賢治の生涯は「挫折」であったとひとはいう。賢治自身が「半途で倒れた」という以上それは正しいだろうし、わたしもそのように書いてきた。けれどもいったいどこに到達すれば挫折ではなかったというのだろうか。あるひとは賢治が革命の思想に到達しなかったから挫折だという。けれどもそれじたい挫折ではなかったような革命がこれまでにあっただろうか。あるひとはまた賢治じしんが、十一月三日の手帳に書きつけたことを生きられなかったところからその生涯を挫折だという。けれどもそこにその生のうちに、到達した生涯というものがあっただろうか。わたしたちがこの生の年月のうちになしうることとは、力尽《つく》さずして退《しりぞ》くことを拒《こば》みぬくこと、力及ばずして倒れるところまで到りぬくこと、のほかには何があろうか。

賢治の若いころの断片『峯や谷は』には、賢治の固有の風景ともいうべきものが描かれている。

峯や谷は無茶苦茶に刻《きざ》まれ私はわらじの底を抜いてしまってその一番高いところから又低いところ又高いところと這《は》ひ歩いてゐました。

雪がのこって居てある処《ところ》ではマミと云ふ小さな獣《けもの》の群が歩いて堅《かた》くなった道がありました。

この峯や谷は実に私が刻んだのです。そのけわしい処にはわが獣《けもの》のかなしみが凝《こ》って出来た雲が流れその谷底には茨《いばら》や様々の灌木が暗くも被《かぶ》さりました。(45)

後年になって賢治がこの断片を展開して完成した短篇『マグノリアの木』では、「わたし」にあたる諒安《りょうあん》がこのおなじ霧《きり》の底をゆき、険《けわ》しい山谷の刻《きざ》みを渉《わた》って歩きつづける。

もしもほんの少しのはり合で霧を泳いで行くことができたら一つの峯から次の巌《いわお》へずゐぶん雑作《ぞうさ》もなく行けるのだが私はやっぱりこの意地悪い大きな彫刻の表面に沿《そ》ってけはしい処ではからだが燃えるやうになり少しの平らなところではほっと息をつきながら地面を這はなければならないと諒安は思ひました。(略)

何べんも何べんも霧がふっと明るくなりまたうすくらくなりました。(46)

あるところの「少し黄金《きん》いろ」の枯草のひとつの頂上に立って、諒安がうしろをふりかえってみると、〈そのいちめんの山谷の刻みにいちめんまっ白にマグノリアの木の花が咲いてゐるのでした。〉マグノリアの花は至福の花である。

マグノリアはかなたの峯に咲くのではない。道のゆく先に咲くのではない。それは諒安が必死に歩いてきた峠《とうげ》の上り下りのそのひとつひとつに、一面に咲いているのだ。

宮沢賢治はその生涯を、病熱をおしてひとりの農民の肥料相談に殉《じゅん》じるというかたちで閉《と》じた。このとき賢治の社会構想も、銀河系宇宙いっぱいの夢の数々も、この一点の行為のうちにこめられていた。りんごの中を走る汽車である。いまここにあるこの刻《とき》の行動の中に、どのような彼方も先取りされてあるのだ。

賢治はその詩を創作の日付の順番に配列していたが、最初の詩集の最初の詩篇は『屈折率』と題されていて、こういう詩であった。

七つ森のこつちのひとつが
水の中よりもつと明るく

そしてたいへん巨《おお》きいのに
わたくしはでこぼこ凍《こお》つたみちをふみ
このでこぼこの雪をふみ
向ふの縮《ちぢ》れた亜鉛《あえん》の雲へ
陰気な郵便脚夫《きやくふ》のやうに
（またアラッディン　洋燈《ラムプ》とり）
急がなければならないのか(47)

〈わたくしはでこぼこ凍《こお》ったみちをふみ／このでこぼこの雪をふみ〉と、くりかえしたしかめている。あれから賢治はその生涯を歩きつづけて、いくらか陰気な郵便脚夫のようにその生涯を急ぎつづけて、このでこぼこの道のかなたに明るく巨《おお》きな場所があるようにみえるのは〈屈折率〉のために他ならないということ、このでこぼこの道のかなたにはほんとうはなにもないこと、このでこぼこの道のほかには彼方などありはしないのだということをあきらかに知る。

それは同時に、このでこぼこの道だけが彼方なのであり、この意地悪い大きな彫刻の表面に沿って歩きつづけることではじめて、その道程の刻みいちめんにマグノリアの花は咲くのだということでもある。

注

＊賢治の作品の引用中にも、現代の一般の高校生を基準にとって読めないと思われる文字や読み方には、すべてルビを付した。その意図については「あとがき」を参照されたい。

序章

（1）筑摩書房版『校本宮沢賢治全集』（全十四巻、一九七三—一九七七年。以下『校本全集』と略記）第二巻　一五四頁
（2）『校本全集』第九巻　一四一頁
（3）同　第十一巻　三二〇頁
（4）同　同巻　三七七頁
（5）同　第九巻　八〇—八五頁
（6）入沢康夫・天沢退二郎『討議『銀河鉄道の夜』とは何か』青土社　一九七九年　二七頁
（7）『校本全集』第十巻　一六七頁
（8）同　同巻　一四九頁

(9) 同　第二巻　一五四頁
(10) 同　第十巻　一三四頁
(11) 同　同巻　一三五頁
(12) 同　同巻　一二五頁
(13) 同　同巻　三八〇頁以下(校異)。入沢康夫・天沢退二郎　前掲書
(14) 入沢康夫・天沢退二郎　前掲書　一九頁、二二頁
(15) 天沢退二郎『《宮沢賢治》論』筑摩書房　一九七六年　五九頁以下
(16) 『校本全集』第二巻　一七九頁
(17) 同　第九巻　一〇頁
(18) 同　第二巻　八三頁
(19) 同　同巻　同頁
(20) 同　同巻　八二頁
(21) 小野隆祥『宮沢賢治の思索と信仰』泰流社　一九七七年　二二三頁
(22) 『校本全集』第二巻　七—八頁
(23) 同　第十巻　一四二頁
(24) 萬田務編「宮沢賢治略年譜」(佐藤泰正編　別冊国文学6『宮沢賢治必携』学燈社　一九八〇年)　二一〇頁
(25) 『校本全集』第六巻　六五四頁

(26)　同　第二巻　月報　四頁
(27)　天沢退二郎　前掲書　六〇頁
(28)　『校本全集』第二巻　八頁
(29)　入沢康夫・天沢退二郎　前掲書
(30)　小野隆祥　前掲書
(31)　入沢康夫「四次元世界の修羅」(『文芸読本　宮沢賢治』河出書房新社　一九七七年)六六頁
(32)　『校本全集』第二巻　一九七頁
(33)　同　同巻　八二頁
(34)　同　同巻　二七〇頁(校異)
(35)　同　第九巻　一四二頁
(36)　同　第八巻　二七七頁
(37)　『定本柳田国男集』第二四巻　筑摩書房　一九六三年　二一四頁
(38)　『校本全集』第九巻　一四一―一四二頁
(39)　天沢退二郎「幻の都市《ベーリング》を求めて」(『《宮沢賢治》論』)三六―六五頁
(40)　『校本全集』第二巻　一五四頁
(41)　同　同巻　一六六頁
(42)　同　第十四巻　五六四頁

(43) 同　第二巻　一五六―一五七頁

(44) 吉見正信『宮沢賢治の道程』　八重岳書房　一九八二年　第五章。天沢退二郎「幻の都市《ベーリング》を求めて」(前掲)他

(45)『校本全集』第二巻　一四六頁

(46) 同　第二巻　一八三頁

(47) 同　第九巻　三五六―四〇八頁(校異)、第十巻　三八〇―四二九頁(校異)。なお入沢康夫・天沢退二郎　前掲書、とくにその第二部を参照

(48)『校本全集』第十巻　一六七頁

(49) 天沢退二郎「〈少年〉とは誰か――四つの《少年小説》あるいは四元論の試み」(『国文学』一九七八年二月号)

(50)『校本全集』第十二巻(上)　六六八―六六九頁

(51) 同　同巻(上)　六六九―六七〇頁

第一章

(1)『校本全集』第二巻　五頁

(2) 天沢退二郎『宮沢賢治の彼方へ――増補改訂版』　思潮社　一九七八年　一〇九―一一八頁

(3) 同　一一〇―一一一頁

(4) 同　一一一頁
(5) 『校本全集』第二巻　一六六頁
(6) 同　同巻　六三頁
(7) 同　第十一巻　二七九―二八〇頁
(8) 同　第二巻　六二―六三頁
(9) 同　同巻　六三頁
(10) 天沢退二郎　前掲書　一四四頁
(11) 同　一七頁
(12) 『校本全集』第三巻　一三六頁
(13) 吉本隆明『初期ノート〔増補版〕』試行出版部　一九七〇年
(14) 『校本全集』第三巻　五四二頁(校異)
(15) 天沢退二郎「《宮沢賢治》の出現と発見」(『《宮沢賢治》論』)二九三―三一六頁
(16) 梅原猛『地獄の思想』中央公論社　一九六七年。紀野一義「賢治文学と法華経」
(17) 『校本全集』第一巻　一四頁
(18) 同　同巻　一五、一二、一三頁
(19) 同　第十一巻　二六四頁
(20) 同　第二巻　一七二頁
(21) 同　同巻　五頁

(22) 日本児童文学者協会編『宮沢賢治童話の世界』すばる書房　一九七七年。吉本隆明「賢治文学におけるユートピア」(『国文学』一九七八年二月号)
(23) 入沢康夫「四次元世界の修羅」(前掲)。天沢退二郎『《宮沢賢治》論』、他
(24) 入沢康夫　同論文
(25) 『校本全集』第三巻　一三四―一三五頁
(26) 同　同巻　五四二頁(校異)
(27) 同　同巻　五三〇頁(校異)
(28) 同　同巻　五三二頁(校異)
(29) 同　同巻　五四一頁(校異)
(30) 同　同巻　五四二頁(校異)
(31) 同　同巻　五三二頁(校異)
(32) 同　第一巻　一〇〇頁
(33) 吉見正信　前掲書　三七―三八頁他参照
(34) 『校本全集』第六巻　三四四頁
(35) 小倉豊文「二つのブラック・ボックス」(『宮沢賢治』誌第二号　洋々社　一九八二年)三七頁
(36) Bellah, R. N.: *Tokugawa Religion*, 1957, Free Press, Glencoe. 堀一郎・池田昭訳『日本近代化と宗教倫理』未来社　一九六二年

(37) 小倉豊文　前掲論文　二七頁
(38) 同　三八頁
(39) 佐藤隆房『宮沢賢治』増補改訂版　冨山房　一九七五年。中村稔『宮沢賢治』筑摩書房　一九七二年。小倉豊文　前掲論文、他
(40) 中村稔　前掲書　七六頁
(41) 『校本全集』第十三巻　四〇二頁
(42) 同　第四巻　二〇六―二〇八頁
(43) 同　同巻　六〇一―六〇三頁(校異)
(44) 吉見正信　前掲書　二四一頁
(45) 同　二四一―二四二頁
(46) 『校本全集』第四巻　一一七頁
(47) 同　第六巻　二〇一―二〇二頁
(48) 同　同巻　三六一頁
(49) 『校本全集』第七巻　三〇八―三〇九頁
(50) 吉見正信　前掲書　二四頁
(51) 佐藤惣之助「十三年度の詩人」(『日本詩人』一九二四年一二月号)
(52) 『校本全集』第十四巻　四三四頁
(53) 『校本全集』第十三巻　四三頁

(54) 同　第十四巻　八五一頁
(55) 同　第八巻　九三―九八頁
(56) 同　第二巻　二〇頁
(57) 小野隆祥　前掲書　一一七―一六一頁
(58) 同　一三九頁
(59) 『校本全集』第二巻　七三頁
(60) 小野隆祥　前掲書　一四〇頁
(61) 同　二〇二頁
(62) 『校本全集』第二巻　二三二頁
(63) 同　同巻　二三一―二三三頁

第二章

(1) 『校本全集』第二巻　二〇―二二頁
(2) 同　同巻　八六頁
(3) 小野隆祥　前掲書　一五二頁
(4) 『校本全集』第一巻　九八頁
(5) 同　第七巻　八五頁
(6) 同　同巻　八六頁

(7) 同 同巻 八七頁
(8) 同 同巻 八八―八九頁
(9) 同 第十巻 一六三頁
(10) 同 第十一巻 二四〇頁
(11) 同 第七巻 三〇九頁
(12) 同 第十一巻 九七―九八頁
(13) 同 第七巻 八六頁
(14) 同 第二巻 二二頁
(15) 同 第十巻 一六七頁
(16) 同 第十一巻 二三七頁
(17) 同 第九巻 一四二頁
(18) 同 同巻 一四二―一四三頁
(19) 『ヨブ記』三八章三一節
(20) 小野隆祥 前掲書 三六―三七頁参照
(21) 『校本全集』第八巻 二〇九頁
(22) 同 第三巻 一〇五―一〇六頁
(23) 同 同巻 四六六頁(校異)
(24) 同 第八巻 五三七頁(校異)

(25)　同　同巻　三三三―三三五頁
(26)　天沢退二郎『宮沢賢治の彼方へ』　六八頁

第三章

(1)　『校本全集』第二巻　六〇―六一頁
(2)　同　同巻　六一頁
(3)　Poulet, Georges : *Études sur le temps humain*, Plon, 1950. 井上究一郎他訳『人間的時間の研究』筑摩書房　一九六九年　一三頁
(4)　Moore, W. E.: *Man, Time and Society*, 1963. 丹下隆一・長田政一訳『時間の社会学』新泉社　一九七四年　二三七頁(訳者あとがき)
(5)　『校本全集』第二巻　二〇―二一頁
(6)　同　同巻　九九頁
(7)　真木悠介『気流の鳴る音』筑摩書房　一九七七年　九〇頁。見田宗介「死者との対話」(『現代日本の精神構造』弘文堂　一九六五年)一五五頁
(8)　『校本全集』第十二巻(上)　一五頁
(9)　同　第十一巻　二六九頁
(10)　同　同巻　同頁
(11)　同　第十巻　一三〇頁

(12) 同　第十一巻　二六五—二六七頁
(13) 石牟礼道子「自分を焚く」(『流民の都』　大和書房　一九七三年)四三九頁
(14) 『校本全集』第十一巻　九七—九八頁
(15) 続橋達雄『宮沢賢治・童話の世界』　桜楓社　一九六九年
(16) 寺田透「宮沢賢治の童話の世界」(『近代日本のことばと詩』思潮社　一九六五年)
(17) 『校本全集』第二巻　一六六頁
(18) 同　同巻　八三頁
(19) 同　同巻　八二—八三頁
(20) 同　同巻　一五九頁
(21) 小野隆祥　前掲書　一六二頁
(22) 同　二一一頁
(23) 『校本全集』第二巻　一五九頁
(24) 同　同巻　八五—八六頁
(25) 同　第十二巻(上)　一四〇頁
(26) 同　第二巻　二二頁
(27) 同　第十二巻(上)　一五頁
(28) 同　第二巻　一六四頁
(29) 真木悠介　前掲書　五一—五三頁(Carlos Castaneda: *Tales of Power*, 1974, Simon &

Schuster (Touchstone)；ここで使用した版は Penguin Books, pp. 119-123)

(30) 同　五四頁(*ibid*. p. 121)

(31) 同　五四―五五頁(*ibid*. p. 126f.)

(32) 『校本全集』第二巻　一六一頁

(33) 『校本全集』第十二巻(下)　一四一頁

(34) 同　第二巻　一六三―一六六頁

(35) 同　第八巻　一八二―一八三頁

第四章

(1) 福島章『宮沢賢治　芸術と病理』金剛出版社　一九七〇年

(2) 『校本全集』第十四巻　四五九頁

(3) 小野隆祥はこの「法華経との出会い」の時期を批判的に考察しているが、結論は佐藤勝治の見解に依った「(数え年)二十歳の春」、したがって満十八歳ということである。(前掲書　二一―二六頁)

(4) 菅谷規矩雄『宮沢賢治序説』大和書房　一九八〇年　二四頁

(5) 同　五一頁

(6) 平尾隆弘『宮沢賢治』国文社　一九七八年　九二頁

(7) 『校本全集』第十三巻　五三―五四頁

(8) 平尾隆弘　前掲書　九〇頁
(9) 同　九〇―九一頁
(10) 同　九一頁
(11) 『校本全集』第十三巻　二〇二頁
(12) 同　同巻　二〇四頁
(13) 菅谷規矩雄　前掲書　四五、四六頁
(14) 『校本全集』第十三巻　二一九頁
(15) 同　同巻　同頁
(16) 平尾隆弘　前掲書　二五四頁
(17) 菅谷規矩雄　前掲書
(18) 宮沢清六「兄賢治の生涯」(『宮沢賢治研究』筑摩書房版「宮沢賢治全集」別巻　一九六九年　二五一頁)
(19) 中村稔『宮沢賢治』筑摩書房　一五―一六頁
(20) 平尾隆弘　前掲書　二六六―二六七頁。前者は佐藤隆房『宮沢賢治』(一九三―一九四頁等)、後者は森荘已池『宮沢賢治の肖像』(一六四頁等)をもとに要約されたもの。
(21) 前掲旧筑摩版全集第十二巻　一九六八年　三〇一頁
(22) 『校本全集』第十四巻　六三四―六三五頁
(23) 吉見正信　前掲書　二一二頁(受講生伊藤清一のノート)

(24) 同　二一一―二一四頁など参照
(25) 『校本全集』第十四巻　五九六頁
(26) この詩とその意味については、菅谷規矩雄がするどく追求している。(前掲書　一〇六―一一一頁)
(27) 『校本全集』第四巻　一九六―一九八頁
(28) 同　第三巻　五四一頁(校異)。なお、小野隆祥　前掲書　二八八―二九〇頁参照。
(29) 佐藤隆房　前掲書　二〇九頁
(30) 中村稔　前掲書　一七頁
(31) 同　同頁
(32) 小野隆祥　前掲書　二七一頁(関登久也の記憶)
(33) 『校本全集』第三巻　九頁
(34) 天沢退二郎『宮沢賢治の彼方へ』　七三頁
(35) 『校本全集』第十三巻　四五〇頁
(36) 同　同巻　四五四頁
(37) 平尾隆弘　前掲書　二七〇頁
(38) 『校本全集』第十巻　三三二、三六八―三七〇頁(校異)
(39) 同　第十三巻　四五〇頁
(40) 同　同巻　二七二頁

(41) 同　同巻　四五八頁
(42) 同　同巻　四五四―四五五頁
(43) 同　第四巻　九五頁
(44) 吉本隆明「賢治文学におけるユートピア」(前掲)
(45) 『校本全集』第十一巻　二四二頁
(46) 同　第八巻　二六八頁
(47) 同　第二巻　一一頁

補章　風景が離陸するとき

シャイアンの宮沢賢治

土性調査──空間する時間

賢治は若いころ、「土性調査」という根気のいる仕事に二年余をついやしている。科学者としての宮沢賢治は、この土壌の調査から出発している。

一九一八年、盛岡高等農林学校を卒業した二十一歳の賢治は、岩手県稗貫《ひえぬき》郡一帯の土性調査を依託されて、それから二十三歳までの間、郡内の山野の地質をくまなく踏査する。そのじっさいの方法は、「ボーリング・スティック」という側溝を切り込んである棒をいつでも携帯し、これを土中に突き刺して採取した土壌を分析するのだという。この時賢治が作成したルート・マップは、現在でも地学のプロとしての調査能力の高さを実証しているという。

若い日の柳田国男の、特赦のための犯罪人調査のたんねんな閲読という根気仕事が、この国の社会の底の、無数の不幸な人生の記録にふれることをとおして、その後年の巨大な民俗学の仕事の土壌を用意したように、この二年余の、文字どおり地を這うような地質調査は、賢治の文学のみえない土壌を形成している。それは賢治のみる風景に、垂直に重層する奥行きを与え、リアリティのみえない地層をみる視界ともいうべきものを開いた。あるいはいっそう正確にいえば、それはもともと賢治に固有の〈みえないものをみる視力〉という資質に、具象性のがっしりとした地盤を与えて、きたえ直したというべきだろう。

Tertiary the younger tertiary the younger
Tertiary the younger mud-stone
なみはあをざめ支流はそそぎ
たしかにここは修羅のなぎさ
（「イギリス海岸の歌」）

Tertiary the younger は〈第三紀の新しい地層〉、人間が他の動物たちから分かれた時代の層である。「イギリス海岸」と賢治が名づけた場所はほんとうは海岸ではなく、花巻の町の東北郊外の北上川原で、つまり日本列島のほとんど背骨に近い内陸に位置している。このことについて賢治は、「イギリス海岸」と題された散文のほうでこう書いている。

それに実際そこを海岸と呼ぶことは、無法なことではなかったのです。なぜならそこは第三紀と呼ばれる地質時代の終り頃、たしかにたびたび海の渚だったからでした。その証拠には、第一にその泥岩は、東の北上山地のへりから、西の中央分水嶺《ぶんすいれい》の麓《ふもと》まで、一枚の板のやうになってずうっとひろがって居ました。たゞその大部分がその上に積った洪積の赤砂利や壚坶《ローム》、それから沖積の砂や粘土や何かに被《おお》はれて見えないだけのはなしでした。それはあちこちの川の岸や崖の脚には、きっとこの泥岩が顔を出してゐるのでもわかりましたし、又所々で堀り抜き井戸を穿《うが》ったりしますと、ぢきこの泥岩層にぶっつかるのでもしれました。

第二に、……

こういうふうに、賢治が風景の内にみるのは、重層する空間であるばかりでなく、重層する空間として現存する、巨大な時間の累積であった。地質学とは、空間の中に時間を見る視力である。

洪積世が了って
北上川がいまの場所に固定しだしたころには
こゝらはひばや
はんやくるみの森林で
そのところどころには

そのいそがしく悠久な世紀のうちに
山地から運ばれた漂礫が
あちこちごちゃごちゃ置かれてあった
それはその后八万年の間に
あるひはそこらの著名な山岳の名や
古い鬼神の名前を記されたりして
いま秩序よく分散する

（「洪積世が了って」）

天空の地質学――現在する過去

賢治にこの土性調査を依託した盛岡高等農林学校の関豊太郎教授は、また、日本における農業気象学の創始者の一人であったといわれる。

あの重くくらい層積雲のそこで北上山地の一つの稜を砕き　まっしろな石灰岩抹の億
噸《トン》を得て／幾万年の脱滷《だつろ》から異常にあせたこの洪積の台地に与へつめくさの白いあか
りもともし……

（「業の花びら」異稿）

といった手稿にもみられるように賢治の風景は、地層に向ってばかりではなく天空に向ってもまた、具体的に積層していた。『春と修羅』の最終部「風景とオルゴール」には、重層する雲についての敏感な視覚がいくつも記されている。

きららかにきらびやかにみだれて飛ぶ断雲と
星雲のやうにうごかない天盤附属の氷片の雲

（「風の偏倚」）

わづかにその山稜と雲との間には
あやしい光の微塵にみちた
幻惑の天がのぞき
またそのなかにはかがやきまばゆい積雲の一列が
こころも遠くならんでゐる
これら葬送行進曲の層雲の底
鳥もわたらない清澄《せいとう》な空間を
わたくしはたつたひとり
つぎからつぎと冷たいあやしい幻想を抱きながら

一挺のかなづちを持つて
南の方へ石灰岩のいい層を
さがしに行かなければなりません

（「雲とはんのき」）

〈冷たいあやしい幻想〉はやがて、たとえば五輪峠では、こういう豪壮な風景を構成するだろう。種山ヶ原の北西にある五輪峠は、地輪水輪火輪風輪空輪の石の五輪の塔がおかれてあるために五輪峠というのだが、賢治の幻想はその上に立つ高くまばゆい積雲にそそられながら、〈いただき八千尺にも充ちる〉風景の全重層を五輪として展開するのだ。

石灰、粘板、砂岩の層と、／花崗斑糲、蛇紋の諸岩、／堅く結んだ準平原は、／まことに地輪の外ならず、／水風輪は云はずもあれ、／白くまばゆい光と熱、／電、磁、その他の勢力は／アレニウスをば俟たずして／たれか火輪をうたがはん／もし空輪を云ふべくば／これら総じて真空の／その顕現を超えませぬ／斯くてひとたびこの構成は／五輪の塔と称すべく……

（「晴天恣意」）

このような重積する気層としての天空への感受はさらに、〈空間の中に時間を見る目〉としての地質学の与える視覚と結びつくことをとおして、次のようなおどろくべき空間の像を展開することとなる。

まずひとつの補助線として。今ぼくたちのみているさそり座の赤い星《アンタレス》（さそりの火！）は、一二〇年前の光を今の地球に届かせている。アンドロメダ星雲は約一四〇万年前の光を地球に届かせている。逆にアンタレスの星からは一二〇年前の地球の光景がみえ、アンドロメダ星雲の近くでは一四〇万年前の地球が現象しているはずである。過去はこのように宇宙空間を波紋のように遠ざかりながら存在しつづけている。地層の空間がそうであるように天空の空間もまた、集積する巨大な時間の貯蔵所である。現在でも天文学好きの少年が一度はこの事実に打たれ、さまざまの想念をそそられるように、中学生くらいのころの賢治も一度は、この事実に打たれたことがあるにちがいない。

賢治はやがてこのすきとおった気層の中に遠心する巨大な時間の集積を、天空の地質学ともいうべき空間の像として構成することとなる。

> おそらくこれから二千年もたつたころは／それ相当のちがつた地質学が流用され／……新進の大学士たちは気圏のいちばんの上層／きらびやかな氷窒素のあたりから／すてきな化石を発掘したり／あるひは白堊紀砂岩の層面に／透明な人類の巨大な足跡

を／発見するかもしれません

（『春と修羅』序）

銀河鉄道沿線に所在する「プリオシン海岸」とよばれる銀河の河原では、せいの高い長靴をはいた学者が、一二〇万年前の化石を発掘している。

「ぼくらからみると、ここは厚い立派な地層で、百二十万年ぐらゐ前にできたといふ証拠もいろいろあがるけれども、ぼくらとちがったやつからみてもやっぱりこんな地層に見えるかどうか、あるひは風か水やがらんとした空かに見えやしないかといふことなのだ。……」

（『銀河鉄道の夜』）

プリオシンとは第三紀、あの Tertiary the younger の内の鮮新世である。

風景が離陸する時――すきとおる世界

賢治がこのような〈天空の地質学〉を、詩として以上にほんとうに信じていたのかという問いには、そんなことはないというのが一応は正しいだろうが、ほんとうはあまりかんたんには答えられない。賢治は風景というものを、つまり世界というものを、それじたいぁまりたしかに実在しているものとは考えなかったし、また感じてもいなかったからだ。

わたくしといふ現象は
仮定された有機交流電燈の
ひとつの青い照明です
（あらゆる透明な幽霊の複合体）
風景やみんなといつしよに
せはしくせはしく明滅しながら
いかにもたしかにともりつづける
因果交流電燈の
ひとつの青い照明です
（ひかりはたもち　その電燈は失はれ）

（『春と修羅』序）

けだしわれわれがわれわれの感官や
風景や人物をかんずるやうに
そしてたゞ共通に感ずるだけであるやうに

（同）

つまり風景や自我や他者やは、「いかにもたしかに」現象するもの、「ある程度まではみんなに共通に」感じられているものにすぎない。それは賢治が、あの「五輪峠」の見え方について詩の中で記しているように（このわけ方はいゝんだな／物質全部を電子に帰し／電子を真空異相といへば／いまとすこしもかはらない）現代物理学の世界像に立脚している。そして賢治がこのことから感受しているものは、虚無ではなく、虚無と反対のもの、世界という現象の奇蹟にたいする鮮烈な感覚である。

なにもかもみんなたよりなく
なにもかもみんなあてにならない
これらげんしやうのせかいのなかで
そのたよりない性質が
こんなきれいな露になつたり
いぢけたちいさなまゆみの木を
紅《べに》からやさしい月光いろまで
豪奢な織物に染めたりする

（「過去情炎」）

それよりもこんなせわしい心象の明滅をつらね
すみやかなすみやかな万法流転《ばんぽふるてん》のなかに
小岩井のきれいな野はらや牧場の標本が
いかにも確かに継起《けいき》するといふことが
どんなに新鮮な奇蹟だらう

（「小岩井農場」）

〈巨大に明るい時間の集積〉として風景を見るという賢治の感覚に、あの〈天空の地質学〉よりもいっそう洗練された形式を与えてくれたのも、この現代物理学の理論、とりわけ賢治を魅了したアインシュタインの相対性理論の依拠する、四次元時空間論だった。『春と修羅』序詩が、〈すべてこれらの命題は／心象や時間それ自身の性質として／第四次延長のなかで主張されます〉ということばで終っていることはよくしられている。

「心象」と「時間」が無造作に同置されていることにぼくたちはおどろくが、たとえばアメリカ原住民ホピ族などの文法も、未来をあらわす形式と心象をあらわす形式は同じものである。「うら」(うらなう)ということばに標本されるように、上代日本人の世界の感覚ともそれは呼応している。ほんとうは will, shall という、英語の未来をあらわす仕方が心意をあらわす語によってしかされないように、時間の次元が心象の次元であるということは、ヨーロッパ文化自身の古層にも普遍する直感であった。

空間幾何学的な議論を一切とばしてかんたんにいうと、第四次元とは要するに、ぼくたちのふだんみている世界の「うらの世界」のことである。みえている風景のほかに「うらの世界」(顕現していない世界)があるのだという感覚は、ホピの文化にも古代の日本人の心性の中にも共通してあった。たぶん世界のいくつもの文化の底を通底する心性のように、さまざまな変異をみせながらひろがっている感覚の地層なのだろう。

たとえば二次元の紙の表面に生きている虫は、紙の「裏側」があることをしらない。油滴の落ちることなどによって紙が透明になるときに、はじめて裏に描かれたものが、同じこの場所にあるものとして立ち現われる。虫の視覚は、この時〈二重の風景〉をもつことになる。同様に、三次元空間を知覚しているふつうのときのぼくたちは、第四の次元、〈風景のうらの風景〉を視ることができない。異次元の世界が立ち現われるのは、「小岩井農場」やそのほかの詩篇の中で賢治が記録しているように、風景がすきとおる時、世界が透明になる時である。

賢治はもともと、すきとおるものにたいして敏感だった。

あゝ栗の花
向ふの青い草地のはてに
月光いろに盛りあがる
幾百本の年経た栗の梢から
風にとかされきれいなかげらうになって
いくすじもいくすじも
こゝらを東へ通ってゐるのだ

（「種山ヶ原」）

そして「小岩井農場」の歩行する長詩の中で克明に体験されているように、風景が異の空間をひきいれる時、楊の花芽《ベムベロ》が、雨が、剽悍《ひょうかん》な四本のさくらが、つまり風景の全体がすこしずつ透きとおってゆき、これと重なって心象や時間の次元が、やはりはじめは〈すきとほるもの〉たちとしてほのぼのとかがやいてわらったりする。歩行はいつか〈透明な軌道をすすむ〉。

「小岩井農場」の歩行の数日前に書かれた「手簡」という謎めいた詩では、このような、空間の未知の次元が立ち現われる手前の予感がこのように記されている。

あなたは今どこに居られますか。
早くも私の右のこの黄ばんだ陰の空間に
まっすぐに立ってゐられますか。
雨も一層すきとほって強くなりましたし。

（「手簡」）

それは、〈心象の明滅をきれぎれに降る透明な雨〉のぽしゃぽしゃ降る時である。これらの詩から一年四カ月後、一九二三年九月十六日という同じ日付に賢治をおとずれた四篇の詩、「宗教風の恋」「風景とオルゴール」「風の偏倚」「昴《すばる》」では、このような〈過透明な景色〉のなかに空間が二重になって、心象や時間の次元が立ち現われてくるさまがさまざまに刻《しる》されている。

風がもうこれつきり吹けば
まさしく吹いて来る劫《カルパ》のはじめの風

（「風景とオルゴール」）

風が偏倚して過ぎたあとでは
クレオソートを塗つたばかりの電柱や

逞《たくま》しくも起伏する暗黒山綾《あんこくさんりよう》や
（虚空は古めかしい月汞《げっこう》にみち）
研《と》ぎ澄まされた天河石天盤の半月
すべてこんなに錯綜《さくそう》した雲やそらの景観が
すきとほつて巨大な過去になる
（中略）
（風と嘆息《たんそく》との中にあらゆる世界の因子《いんし》がある）
（「風の偏倚」）

風と嘆息。古いインドの人たちがプラーナと呼び、古いユダヤの人たちがルーアハと呼んだ、同じひとつのものがその様相をひるがえして転変する場所。世界と自己との交わるところ。修羅の風、春の嘆息の吹き交わす場所。心象と時間の第四次延長のほうへ、風景が透きとおって離陸する場所。

銀河の鉄道——賢治の現代性

一九二二年五月二十一日「小岩井農場」の歩行の日付から、一九二三年九月十六日「風景とオルゴール」詩群の日付までの一年四カ月は、賢治にとって、長い一年四カ月だった。

二二年十一月には、賢治の固有の対《つい》ともいうべき妹とし子を喪《うしな》っている。「永訣の朝」「無声慟哭」の絶唱はよく知られている。二三年七、八月には、賢治の生涯でいちばん遠くまでの旅に出ている。「オホーツク挽歌」行である。この当時の日本の地図の北限にあった樺太(「サガレン」)に至るこの時の旅が、賢治にとって、とし子の存在のゆくえを求める旅であったことはすでにみてきた。「鈴谷平原」でその旅の極北に立った詩人はこう記している。

こんやはもう標本をいつぱいもつて
わたくしは宗谷海峡をわたる
だから風の音が汽車のやうだ

永久におまへたちは地を這ふがいい。
(「宗谷挽歌」)

「標本をいつぱいもつて」賢治は旅を折り返す。存在のゆくえを求めるその旅にあって、詩人の乗り継ぐべき鉄道はもはや、風の鉄道でしかありえぬことが予感されている。

詩人の幻想はこのようなことばを置いて、「上方とよぶその不可思議の方角へ」向かう軌条にのりうつる。『銀河鉄道の夜』の骨格が構想されるのは、この挽歌行の時である。〈銀河の鉄道〉は第四次元に、あの〈透明な軌道〉の方に、離陸した樺太鉄道である。

「樺太鉄道」というこのときの詩篇には、〈サガレンの八月のすきとほつた空気を〉という一節があるが、「サガレンと八月」という未完の断片の中では、「何の用でこゝへ来たの、何かしらべに来たの、何かしらべに来たの。」とくりかえし吹きつけてくるサガレンの風にたいして、「標本を集めに来たんだい。」と「私」は答える。それは銀河の河原、「プリオシン海岸」のふしぎな問答の原型である。「標本にするんですか?」とジョバンニたちが聞く。「証明するに要るんだ」と、学者が答える。

標本とは証明である。地層の内、気層の内に発掘されるべき証明である。証明とは、過去は現在しつづけるのだ、死んだたましいは今もありつづけるのだという、賢治がそのぜんぶを賭けても求めつづけた切実な問いへの答えだ。「オホーツク挽歌」の水平の旅は、銀河の鉄道への離陸のために必要な助走であった。

それはとし子が「今も生きている」という、よくある感傷や自己欺瞞とはべつのものである。〈とし子の死んだことならば／いまわたくしがそれを夢でないと考へて／あたらしくぎくつとしなければならないほどの／あんまりひどいげんじつなのだ〉(「青森挽歌」)。そうではなくて、それは世界への視角のとり方《エピステーメー》——空間と時間について、風景や心象について、つまり〈げんしやうするせかい〉について、ひとつのあたらしい視角のとり方をえらぶことへの、自由なのだ。それはぼくたちのみている風景に、いくつもの次元に重層する奥行きを与えてしまう、鮮烈なひとつの視界だ。

啄木と賢治を対比して松本健一は、啄木を近代詩人、賢治を現代詩人としている。それはさしあたり、劇画やアニメや前衛的な舞台芸術といった表現の現代的な様式のための霊感を、賢治の作品が過剰に豊富にはらんでいることにもみられるが、このことは賢治の世界が、いつでもあの未知の次元に向かって離陸する風力をはらんでいることと関わる。

啄木はふるさとを出て東京に住み、そこでもさらにフランスやイギリスへのあこがれを燃やしつづけた。啄木はふるさとと〈都〉のあいだの、憧憬と郷愁の往還する心情の両極性という、近代化日本の青年の心情の基底を表現しつづけた。それは〈東京〉というものに、あるいはその延長にある世界の首都たち、パリやロンドンというものに、しっかりとした幻想をもつことのできたモダニスムの時代のことばだ。

賢治も東京へのあこがれと無縁ではなく、幾度かの上京を経験しているが、賢治の資質は、結局東京やその水平の延長上の都、パリやロンドンに終着する幻想に住することを許さず、むしろ垂直に折り返して岩手自体の心象の気圏のうちに、〈イーハトーヴォ〉の夢を設営する。

イーハトヴは一つの地名である。……実にこれは著者の心象中に、この様な状景をもって実在したドリームランドとしての日本岩手県である。

（『注文の多い料理店』広告ちらし）

一九六〇年代以降の日本の国土の全般的都市化、テレビジョン網を軸とする文化の同時化、同質化、高度経済成長以降のこの国の、対欧米コンプレックスの消失などは、ふるさとから〈東京〉に向かい、そこから更に〈世界の首都〉たちへと向かう幻想の水平性の基礎を解体してしまう。成熟しつくした近代としての現代の少年や青年たちの夢を設営する空間は、幻想のすすむ軌条がどこかで透明に離陸するはずの、あの異次元の空間《スペース》にしか残されていない。

シャイアンの宮沢賢治——普遍する土着

イーハトーヴォは、エスペラント風に発音された「日本岩手県」である。賢治のエスペラントへの関心が本格的となるに従って初期形のイーハトヴ、イーハトーヴから、oを語尾にもつ形に変形したといわれる。

エスペラントを、賢治が本腰を入れて勉強する契機となったのは、一九二六年十二月十二日、東京国際クラブの集会で出会ったフィンランドの公使*であった。日本語を含む十カ国語を自由に話すというこの公使の講演に共鳴した賢治は、講演後立っていって直接公使に、言語の問題などを質問したところ、「やっぱり著述はエスペラントにするのがいちばんだ」との答えを得た。翌日か翌々日くらいにはもう、エスペラントの個人教習を受け始めている。

＊　当時日本に公使として駐在していたアルタイ語学者、グスタフ・J・ラムステットと考証されている。

エスペラントは、ロシアとドイツという二大強国に挟まれたポーランドにあって、この〈ヨーロッパの辺境〉の医師ザメンホフの、逆説的な愛郷心の投射でもあった。

エスペラントという、〈世界に普遍する言語〉の透明な気圏を交通のメディアとすることをとおして、岩手花巻の地域語も、東京山の手の地域語も、ポーランドやフィンランドの地域語も、フランス、イギリスの地域語も、すべて対等の日常語として自立する。岩手から東京へ、東京からパリへロンドンへという水平の中心志向は、〈エスペロ(希望)〉という未知の気圏に向かう軌条に離陸する。

フィンランドの公使ラムステッドがそうであったように、北欧や東欧の人に多言語をあやつる才能に恵まれた人が多いということのうしろには、ヨーロッパ幾百年の歴史のなかでの、これら弱小言語の人びとの不幸があった。そして矜恃もあったはずである。「ムーミン」の国のアルタイ語学者と遠野物語の地の詩人との呼応の素地には、岩手が日本のフィンランドであり、フィンランドがヨーロッパの岩手でもあるという政治＝地理学風の位相の共有があった。

スペインとフランスの国境地帯ピレネーの山中に住むバスクという少数民族の自治を求める運動を担っている人びとは、遠く日本のアイヌについておどろくほど強い関心と深い知識をもっているということを、共同通信の記者伊高浩昭氏からきいたことがある。国家とその国家語を媒介とすることなしに、到るところの土着のものたちが、世界に向かって直接に開かれ呼応することを烈しく希求している。

サン・カルロスに住むアメリカ原住民アパッチの人々は鹿の儀礼をこんな風に歌う。

鹿祭りの歌*

東ニハ
黒イ貝褐炭《ばいかったん》ノ大地ノ尾根ガ連ナリ……

南ニハ
白イ貝殻色ノ大地ノ尾根ガ連ナリ
アラユル種類ノ果物ガ熟《う》レ
ソノ地デワタシタチハ出会ウ。

紅イ珊瑚《さんご》ノ大地ノ尾根ノ連ナル土地カラ
ワタシタチハ会ウ。
果物ガ熟レテ香リヲ放ツ地デ
ワタシタチハ会ウ。

＊ *Walk Quietly the Beautiful Trail : Lyrics and legends of the American Indian*, Hallmark, 1973, p. 32

夢が現実の個々の要素をいったん分離して、夢の独自の文脈の中に再構成してしまうように、アパッチの歌は賢治の世界の実にいろんな印象の核や構造の骨格のようなものを個々に分離し、思いがけないような仕方で再配置してみせてくれる。巨大な方位と方角の明快な構造をもつ空間感覚。地質とおそらく気層の感覚。「黒い貝褐炭」「白い貝殻色」「紅い珊瑚」。熟れて香りを放つ果物。遠くで人と会うことへの願い。鹿となることへの欲望。存在の祭りの豊饒への感受。

わたしたちの夢をみている夢がある、ということわざがアフリカの部族にあるというが、鹿祭りの歌はほとんど賢治の夢たちをみている夢だ。

もちろんほんとうは(時間の非可逆性ということが正しいと仮定するなら)、アパッチの歌が賢治の夢を再構成しているのでなく、これら原住諸部族の歌と賢治の夢が同じ世界を感受する力の地下水のようなものから、それぞれの文化の井戸と容器をとおして、別個の詩空間のかたち《フォルム》を汲み上げて来ているのだろう。

それらはもういちど、果物が熟れて香りを放つ地上で会うだろう。

別のアメリカ原住民シャイアンの人タシナ・ワンブリが日本に来て、宮沢賢治に強く魅かれ、「鹿踊りのはじまり」や「なめとこ山の熊」をシャイアンの使うことばに訳して書き送ったところ、アメリカに住む部族の人たちのほんとうに深い共感を呼んだという。彼女が日本に来て親しくなった日本の友に、シャイアンに伝わるいくつかの話をしたところ、その友人がおどろいて、「日本にもそれと同じ話がある。」と語ってくれたのが、賢治のいくつかの童話だという。

賢治がじぶんの童話集の序に、

　これらのわたくしのおはなしは、みんな林や野はらや鉄道線路やらで、虹や月あかりからもらってきたのです。
（『注文の多い料理店』序）

と記しているのは、ふつう言われているように賢治の謙遜でも空想でもなく、ほんとうのことだとわたしは思う。

それは文化を超《こ》えナショナリティを超えて、人間が動物たちや、木や石や虹や月あかりたちと直接に交わるところで、これら気層と地層の彩《あや》なす現象の語ることばに、ただ心をすきとおらせて耳を傾け、刻《しる》されたことばにちがいないからだ。

年　譜

原則として『校本全集』年譜に依拠し、天沢退二郎『《宮沢賢治》論』等により補充する。

年齢はその年の八月二七日以前の満年齢とする。

各年度の事項欄（　）内ならびに作品欄の題名につづく数字は、何月であるかを示す。

作品中、詩作品は〈　〉で表わす。掲載発表の新聞・雑誌名は（　）内に示した。＊印のものの制作年代は推定である。

一八九六年（明治二九）
八月二七日、岩手県稗貫郡里川口村川口町（現在の花巻市豊沢町）に、父政次郎、母イチの長男として生まれる。

一九〇三年（明治三六）　六歳。

花巻川口尋常高等小学校に入学（4）。

一九〇九年（明治四二）　一二歳
花城（旧花巻川口）尋常高等小学校卒業（3）。県立盛岡中学校入学、寄宿舎自彊寮に入る（「大いなる銀時計」事件）（4）。植物と鉱石の採集に熱中。

一九一〇年(明治四三)　一三歳
　二年植物採集登山隊に加わり、岩手山初登山(6)。以降しばしば岩手山単独登山。
一九一一年(明治四四)　一四歳
　このころ短歌の制作をはじめる。
一九一三年(大正二)　一六歳
　三学期、舎監排斥運動に参加。ツルゲーネフなどロシア文学を読む。
一九一四年(大正三)　一七歳
　盛岡中学校卒業(3)。肥厚性鼻炎手術のため盛岡市岩手病院入院(4〜5)。家業(質・古着商)の嫌悪とともにますます進学の念強まる。父も盛岡高等農林学校の受験を許す。
一九一五年(大正四)　一八歳
　盛岡高等農林学校農学科第二部合格、寄宿舎自啓寮に入る(4)。このころ、法華経との出合い。妹トシ、日本女子大学家政学部予科入学(4)。
一九一六年(大正五)　一九歳
　東京・関西修学旅行(3)。
一九一七年(大正六)　二〇歳
　保阪嘉内らとガリ版刷りの同人雑誌「アザリア」を創刊(7)。翌年六月の第六号まで発行した。
　〔作品〕「「旅人のはなし」から」7(アザリア)、「秋田街道」7

一九一八年(大正七)　　二二歳
盛岡高等農林学校卒業(3)、地質・土壌・肥料の研究のため研究生として残る。この時期から童話の創作をはじめる。「蜘蛛となめくじと狸」「双子の星」を弟清六に読み聞かせた(8)。トシ入院、看護のため上京(12)。
〔作品〕「復活の前」2(アザリア)、「〔峯や谷は〕」6(アザリア)
一九一九年(大正八)　　二三歳
トシ退院、ともに帰花(3)。質屋の店番を悲しむ葉書(4)。浮世絵版画の蒐集に熱中。
〔作品〕「猫」5、「ラジュウムの雁」6、「女」「うろこ雲」「手紙一」「手紙二」
一九二〇年(大正九)　　二四歳
盛岡高等農林学校研究生を修了。助教授の推薦は辞退(5)。トシ、花巻高等女学校教諭心得となる(9)。田中智学の主宰する日蓮主義の信仰団体「国柱会」に入会(10)。
一九二一年(大正一〇)　　二五歳
無断で上京、国柱会本部を訪ねる。本郷菊坂町に下宿、東大赤門前の謄写印刷所文信社に勤め、午前は筆耕・校正をして自活、午後は国柱会で奉仕・街頭活動(1〜)。父と関西旅行(4)。トシ病気の報に急ぎ帰花。書きためた原稿を大トランクにつめて持ち帰る(8)。稗貫郡立稗貫農学校(翌々年四月県立花巻農学校となる)教諭となる(12)。雑誌「愛国婦人」に翌年一月号と二回に分けて「雪渡り」を発表、生前受け取った唯一の原稿料(五円)といわれる。
〔作品〕「かしはばやしの夜」8、「月夜のでんしんばしら」9、「鹿踊りのはじまり」9、

「どんぐりと山猫」9、「注文の多い料理店」11、「狼森と笊森、盗森」11、「烏の北斗七星」12、「貝の火」＊、「よだかの星」＊、「冬のスケッチ」＊

一九二二年(大正一一)　　二五歳

『春と修羅』(第一集)の詩作をはじめる(1)。小岩井農場へ詩作行(5)。農学校で劇「飢餓陣営」を上演(9)。妹トシ永眠。無声慟哭三篇を書く(11)。

〈作品〉〈屈折率〉1、「水仙月の四日」1、「花椰菜」1、「あけがた」1、〈花巻農学校精神歌〉2、「山男の四月」4、〈春と修羅〉4、〈小岩井農場〉5、〈真空溶媒〉5、〈(堅い瓔珞はまっすぐに下に垂れます)〉5、〈岩手山〉6、〈イギリス海岸(歌曲)〉8、〈永訣の朝〉11、〈松の針〉11、〈無声慟哭〉11、「三人の医者と北守将軍」(「北守将軍と三人の医者」初期形)＊、「ペンネンネンネンネン・ネネムの伝記」(「グスコーブドリの伝記」の前身)＊

一九二三年(大正一二)　　二六歳

弟清六にトランクにつめた童話原稿を「婦人画報」(東京社)に持ちこませたが採用されず(1)。北海道・樺太旅行、オホーツク挽歌詩群を書く(7〜8)。

〈作品〉「やまなし」4(「岩手毎日新聞」)、「氷河鼠の毛皮」4(同)、「シグナルとシグナレス」5(同)、〈風林〉6、〈白い鳥〉6、〈青森挽歌〉8、〈オホーツク挽歌〉8、〈宗谷挽歌〉8、〈樺太鉄道〉8、〈鈴谷平原〉8、〈噴火湾(ノクターン)〉8、〈風の偏倚〉9、「風野又三郎」(「風の又三郎」初期形)＊、「おきなぐさ」＊、「ビヂテリアン大祭」＊、「マグノリアの木」＊、「インドラの網」＊、「学者アラムハラドの見た着物」＊、「ガドルフの百合」

、「手紙四（ポーセとチュンセ）」

一九二四年（大正一三）　二七歳

『春と修羅』（第一集）千部を自費出版（4）。辻潤、佐藤惣之助、草野心平らに高く評価されたが、大きな反響はなく、ゾッキ本で売られた。農学校で劇「飢餓陣営」「植物医師」「ポランの広場」「種山ヶ原の夜」を上演（8）。童話集『注文の多い料理店』を刊行（12）。イーハトヴ童話集全一二巻の構想だった。

〔作品〕〈業の花びら〉10、〈産業組合青年会〉10、「銀河鉄道の夜」（初期形）*、「ポランの広場」（「ポラーノの広場」初期形）*

一九二五年（大正一四）　二八歳

生徒宛の葉書で「多分、来春はやめてもう本統の百姓になります」と書く（4）。草野心平より詩誌「銅鑼」の同人に誘われ、以後たびたび寄稿する（7）。

一九二六年（昭和元）　二九歳

花巻農学校を依願退職（3）。下根子桜の別宅で独居自炊の生活に入る（4）。「羅須地人協会」集会の案内状を出す（11）。上京、エスペラント、オルガン、タイプライターの講習を受ける（12）。

〔作品〕「オツベルと象」1（「月曜」）、「ざしき童子のはなし」2（「月曜」）、「猫の事務所」3（「月曜」）、「農民芸術概論綱要」6、〈饗宴〉8

一九二七年（昭和二）　三〇歳

『春と修羅』(第二集)の序を書いたが(1)、未刊に終る。「羅須地人協会」の講義つづける。
〔作品〕〈〔何をやっても間に合はない〕〉8
一九二八年(昭和三)　三二歳
肥料設計・農事指導の相談をつづける。発熱し実家で病臥、文語詩を書きはじめる(8)。
〔作品〕〈三原三部〉6
一九三一年(昭和六)　三四歳
東北砕石工場技師となり(2)、石灰の販売に奔走(3〜9)。見本を持って上京、発病、高熱で床につく。遺書を書く。父の厳命で帰宅療養(9)。十一月三日の手帳に〔雨ニモマケズ〕を記す(11)。
〔作品〕「北守将軍と三人兄弟の医者」7(「児童文学」)、〈小作調停官〉＊、「銀河鉄道の夜」「ポラーノの広場」に大幅な加筆改訂。
一九三二年(昭和七)　三五歳
〔作品〕「グスコーブドリの伝記」3(「児童文学」)
一九三三年(昭和八)　三六歳
九月二〇日、絶詠二首。
九月二一日、永眠。
〔作品〕「風の又三郎」最終形、「セロ弾きのゴーシュ」最終形

あとがき

この仕事をとおしてわたしが考えてみたいと思っていたのは、人間の〈自我〉という問題、つまり〈わたくし〉という現象は、どういう現象であるのかという問題である。第一章ばかりではなく、この本の本論の四つの章は、すべてこの問題を追いつづけてゆくというかたちで展開されている。

ある人間が何を見ていたか、何を生きたか、何を生み出したかということは、その人間が自分で意識して考えたこと、あるいはあるべき自分の姿として書きつけたものごとよりも、はるかに豊かなものである。近代日本の〈自我〉の可能性と限界の測定という当面の作業にとって、もっと直接に作品の中に主題化されていそうな漱石や泰淳ではなく賢治をはじめにとりあげたのは、表現という氷山のこの下の部分の巨大さの予感のごときものに魅《ひ》かれてしまったからである。

わたしはこの本を、ふつうの高校生に読んでほしいと思って書いた。〈20世紀思想家文庫〉のほかの本とはちがって、「エピステーメー」とかそのほかの現代思想の用語を、読者がはじめから知っているものとしては書かなかったのもそのためである。じっさいには、ふつうの高校生が読むにはそれでもむつかしすぎる、という批判がよせられるだろう。やさしく書くことで、わたしが言いたいと思っていることの核心をうすめることはしたくなかったからである。ただ、わたしじしんはこの本を、とくべつな前提知識はなくても、人生と世界にたいする鮮度の高い感受性と、深くものごとを考えようとする欲望とだけをもったふつうの高校生たちに、（そしてだれでもの内部にあって、その死の日までいきいきと成熟をつづけてゆくようなこの感受性と欲望たちに、）よびかけるつもりで書いたということだけをここには記しておきたいと思う。

この本の中で、論理を追うということだけのためにはいくらか充分すぎる引用をあえてしたのは、宮沢賢治の作品を、おいしいりんごをかじるようにかじりたいと思っているからである。賢治の作品の芯や種よりも、果肉にこそ思想はみちてあるのだ。

そしてこのような様式と方法自体が、〈自我〉をとおして〈自我〉のかなたへ向かうということ、存在の地の部分への感度を獲得することという、この仕事の固有の主題と呼応するものであることはいうまでもない。

それでもわたしの体質のためか、この仕事もなお骨ばったものとなってしまった。この書物を踏み石として、読者がそれぞれ、直接に宮沢賢治の作品自体の、そしてまた世界自体の、果肉を一層鮮烈にかじることへの契機となることができれば、それでいいと思う。

本書のうち、第三章第二節の骨格のみは、『現代詩手帖』一九八四年二月号に、真木悠介の筆名で発表している。また本書の大部分は、一九八三年度、東京大学教養学部の『自我論／関係論』および『比較社会論』演習において、および、朝日カルチャー・センター『宮沢賢治を読む』シリーズにおいて講義したものを骨組みとしている。刺戟にみちた質疑・討論を展開してくれたこれらの演習の参加者たちに、感謝の気持を記したいと思う。

また今回書物とするに当って、敏感に呼応する情熱をもって編集の仕事を担当して下さった岩波書店の小口未散さん、長谷部文夫さんに深く感謝の意を記したい。

最後になるが、この仕事は、一九七七年に完成された『校本宮沢賢治全集』(全十四巻筑摩書房)の詳細をきわめた校訂作業という強固な岩盤をふまえることなしには考えられなかった。全集編者の労苦への敬意を記しておきたいと思う。

一九八四年一月

見田宗介

同時代ライブラリー版に寄せて

初版を出してから七年半たった。一九八四年の二月二十九日という日に発行されたから、誕生日は一回しか送っていない。「DL版のためのあとがき」のようなものを書くかわりに、宮沢賢治の時間と空間についてふれた一章を増補することにした。補章の文章の原型は『太陽』誌八九年三月号に掲載したものだけれども、この本の本文に呼応する補完というような気持ちを、漠然と、しかし明確に感覚しながら書いた。漠然と明確にということは、形容矛盾ではない。意識よりも下の部分で、フロイトが無意識と名づけたような部分で、ひとは明確にものを感じたり考えたりするものである。この文章をかくための花巻・盛岡への旅をアレンジしてくれた『太陽』誌の秋山礼子さんと、現地で教示や案内をうけた宮沢雄造氏、牧野立雄氏、亀井茂氏に感謝します。故人となられた柳原昌悦氏にも。

一九九一年五月

見田宗介

現代文庫版あとがき

宮沢賢治、という作家は、この作家のことを好きな人たちが四人か五人集まると、一晩中でも、楽しい会話をしてつきることがない、と、屋久島に住んでいる詩人、山尾三省さんが言った。わたしもそのとおりだと思う。

〈近代〉という時代が成熟し、解体し、その彼方までも、この作家は「古くなる」ということがないのはどうしてか、という問いひとつをとっても、話はつきることがない。

それはこのような理由からだ、というふうに決着することよりも、問いを点火し、問いを持続し、見知らぬ他者たちの間で問いを反響し、広びろとした問いの空間を、あの四次元の時空の彼方まで、開き放ってゆくということが大切なのだ。

この本も、読む人になにかの「解決」をもたらす以上に、より多くの新しい「問い」を触発することができるとよいと、そしてこのような新鮮な問いの交響する楽しい小さい集まりが、世界中に増殖する火種のひとつとなることができるとよいと、思いながら書いた。

今回「現代文庫版」という形にして頂いた、加瀬ゆかりさんに感謝します。

二〇〇一年五月

見田宗介

【図版出典】

宮沢賢治関係の資料写真は、令弟宮沢清六氏並びに筑摩書房の御厚意により、同社刊「校本宮沢賢治全集」及び『日本文学アルバム21 宮沢賢治』(横田正知著・撮影、一九五八年刊)より転載させて頂いた。

なお、二頁は Bruno Ernst : *De Toverspiegel van M.C. Escher*, 1976 より転載、一二〇頁は Metropolitan Museum of Art, New York 所蔵のものである。

本書は、一九八四年二月岩波書店より刊行された。
底本には、同時代ライブラリー版(一九九一年八月)を用いた。

宮沢賢治——存在の祭りの中へ

2001年6月15日　第1刷発行
2025年5月26日　第15刷発行

著　者　見田《みた》宗介《むねすけ》

発行者　坂本政謙

発行所　株式会社　岩波書店
〒101-8002 東京都千代田区一ツ橋2-5-5
案内 03-5210-4000　営業部 03-5210-4111
https://www.iwanami.co.jp/

印刷・精興社　製本・中永製本

ISBN 978-4-00-602035-4　Printed in Japan

岩波現代文庫創刊二〇年に際して

二一世紀が始まってからすでに二〇年が経とうとしています。この間のグローバル化の急激な進行は世界のあり方を大きく変えました。世界規模で経済や情報の結びつきが強まるとともに、国境を越えた人の移動は日常の光景となり、今やどこに住んでいても、私たちの暮らしは世界中の様々な出来事と無関係ではいられません。しかし、グローバル化の中で否応なくもたらされる「他者」との出会いや交流は、新たな文化や価値観だけではなく、摩擦や衝突、そしてしばしば憎悪までをも生み出しています。グローバル化にともなう副作用は、その恩恵を遥かにこえていると言わざるを得ません。

今私たちに求められているのは、国内、国外にかかわらず、異なる歴史や経験、文化を持つ「他者」と向き合い、よりよい関係を結び直してゆくための想像力、構想力ではないでしょうか。

新世紀の到来を目前にした二〇〇〇年一月に創刊された岩波現代文庫は、この二〇年を通して、哲学や歴史、経済、自然科学から、小説やエッセイ、ルポルタージュにいたるまで幅広いジャンルの書目を刊行してきました。一〇〇〇点を超える書目には、人類が直面してきた様々な課題と、試行錯誤の営みが刻まれています。読書を通した過去の「他者」との出会いから得られる知識や経験は、私たちがよりよい社会を作り上げてゆくために大きな示唆を与えてくれるはずです。

一冊の本が世界を変える大きな力を持つことを信じ、岩波現代文庫はこれからもさらなるラインナップの充実をめざしてゆきます。

（二〇二〇年一月）

B323
可能性としての戦後以後
加藤典洋

戦後の思想空間の歪みと分裂を批判的に解体し大反響を呼んできた著者の、戦後的思考の更新と新たな構築への意欲を刻んだ評論集。〈解説〉大澤真幸

B324
メメント・モリ
原田宗典

死の淵より舞い戻り、火宅の人たる自身の半生を小説的真実として描き切った渾身の作。懊悩の果てに光り輝く魂の遍歴。

B325
遠い声
―管野須賀子―
瀬戸内寂聴

大逆事件により死刑に処せられた管野須賀子。享年二九歳。死を目前に胸中に去来する、恋と革命に生きた波乱の生涯。渾身の長編伝記小説。〈解説〉栗原 康

B326
一〇一年目の孤独
―希望の場所を求めて―
高橋源一郎

「弱さ」から世界を見る。生きるという営みの中に何が起きているのか。著者初のルポルタージュ。文庫版のための長いあとがき付き。

B327
石の肺
―僕のアスベスト履歴書―
佐伯一麦

電気工時代の体験と職人仲間の肉声を交えアスベスト禍の実態と被害者の苦しみを記録した傑作ノンフィクション。〈解説〉武田砂鉄

2025. 5

岩波現代文庫[文芸]

B328
冬の蕾
―ベアテ・シロタと女性の権利―
樹村みのり

無権利状態にあった日本の女性に、男女平等条項という「蕾」をもたらしたベアテ・シロタの生涯をたどる名作漫画を文庫化。〈解説〉田嶋陽子

B329
青い花
辺見庸

男はただ鉄路を歩く。マスクをつけた人びとが彷徨う世界で「青い花」の幻影を抱え……。災厄の夜に妖しく咲くディストピアの〝愛〟と〝美〟。現代の黙示録。〈解説〉小池昌代

B330
書聖王羲之
―その謎を解く―
魚住和晃

日中の文献を読み解くと同時に、書作品をつぶさに検証。歴史と書法の両面から、知られざる王羲之の実像を解き明かす。

B331
霧の犬
―a dog in the fog―
辺見庸

恐怖党の跋扈する異様な霧の世界を描く表題作ほか、殺人や戦争、歴史と記憶をめぐる終わりの感覚に満ちた中短編四作を収める。終末の風景、滅びの日々。〈解説〉沼野充義

B332
増補 オーウェルのマザー・グース
―歌の力、語りの力―
川端康雄

政治的な含意が強調されるオーウェルの作品群に、伝承童謡や伝統文化、ユーモアの要素を読み解く著者の代表作。関連エッセイ三本を追加した決定版論集。

2025. 5

岩波現代文庫［文芸］

B333
六代目圓生コレクション
寄席育ち
三遊亭圓生

圓生みずから、生い立ち、修業時代、芸談、噺家列伝などをつぶさに語る。綿密な考証も施され、資料としても貴重。〈解説〉延広真治

B334
六代目圓生コレクション
明治の寄席芸人
三遊亭圓生

圓朝、圓遊、圓喬など名人上手から、知られざる芸人まで。一六〇余名の芸と人物像を、六代目圓生がつぶさに語る。〈解説〉田中優子

B335
六代目圓生コレクション
寄席楽屋帳
三遊亭圓生

『寄席育ち』以後、昭和の名人として活躍した日々を語る。思い出の寄席歳時記や風物詩も収録。聞き手・山本進。〈解説〉京須偕充

B336
六代目圓生コレクション
寄席切絵図
三遊亭圓生

寄席が繁盛した時代の記憶を語り下ろす。各地の寄席それぞれの特徴、雰囲気、周辺の街並み、芸談などを綴る。全四巻。〈解説〉寺脇 研

B337
コブのない駱駝
―きたやまおさむ「心」の軌跡―
きたやまおさむ

ミュージシャン、作詞家、精神科医として活躍してきた著者の自伝。波乱に満ちた人生を自ら分析し、生きるヒントを説く。鴻上尚史氏との対談を収録。

2025. 5

B338-339
ハルコロ (1)(2)
石坂　啓漫画
本多勝一原作
萱野　茂監修

一人のアイヌ女性の生涯を軸に、日々の暮らしや祭り、誕生と死にまつわる文化など、アイヌの世界を生き生きと描く物語。〈解説〉本多勝一・萱野茂・中川裕

B340
ドストエフスキーとの旅
―遍歴する魂の記録―
亀山郁夫

ドストエフスキーの「新訳」で名高い著者が、生涯にわたるドストエフスキーにまつわる体験を綴った自伝的エッセイ。〈解説〉野崎　歓

B341
彼らの犯罪
樹村みのり

凄惨な強姦殺人、カルトの洗脳、家庭内暴力と息子殺し……。事件が照射する人間と社会の深淵を描いた短編漫画集。〈解説〉鈴木朋絵

B342
私の日本語雑記
中井久夫

精神科医、エッセイスト、翻訳家でもある著者の、言葉をめぐる多彩な経験を綴ったエッセイ集。独特な知的刺激に満ちた日本語論。〈解説〉小池昌代

B343
ほんとうのリーダーのみつけかた 増補版
梨木香歩

誰かの大きな声に流されることなく、自分自身で考え抜くために。選挙不正を告発した少女をめぐるエッセイを増補。〈解説〉若松英輔

2025. 5

B344
狡智の文化史
—人はなぜ騙すのか—
山本幸司

嘘、偽り、詐欺、謀略……。「狡智」という厄介な知のあり方と人間の本性との関わりについて、古今東西の史書・文学・神話・民話などを素材に考える。

B345
和の思想
—日本人の創造力—
長谷川櫂

和とは、海を越えてもたらされる異なる文化を受容・選択し、この国にふさわしく作り替える創造的な力・運動体である。〈解説〉中村桂子

B346
アジアの孤児
呉濁流

植民統治下の台湾人が生きた矛盾と苦悩を克明に描き、戦後に日本語で発表された、台湾文学の古典的名作。〈解説〉山口守

B347
小説家の四季
1988－2002
佐藤正午

小説家は、日々の暮らしのなかに、なにを見つめているのだろう――。佐世保発の「ライフワーク的エッセイ」、第1期を収録！

B348
小説家の四季
2007－2015
佐藤正午

『アンダーリポート』『身の上話』『鳩の撃退法』、そして……。名作を生む日々の暮らしを軽妙洒脱に綴る「文芸的身辺雑記」、第2期を収録！

B349
増補 もうすぐやってくる尊皇攘夷思想のために
加藤典洋
幕末、戦前、そして現在。三度訪れるナショナリズムの起源としての尊皇攘夷思想に向き合うために。晩年の思索の増補決定版。〈解説〉野口良平

B350
大きな字で書くこと／僕の一〇〇〇と一つの夜
加藤典洋
批評家・加藤典洋が自らを回顧する連載を中心に、発病後も書き続けられた最後のことばたち。没後刊行された私家版の詩集と併録。〈解説〉荒川洋治

B351
母の発達・アケボノノ帯
笙野頼子
縮んで殺された母は五十音に分裂して再生した。母性神話の着ぐるみを脱いで喰らってウンコにした、一読必笑、最強のおかあさん小説が再来。幻の怪作「アケボノノ帯」併収。

B352
日没
桐野夏生
海崖に聳える〈作家収容所〉を舞台に極限の恐怖を描き、日本を震撼させた衝撃作。「その恐ろしさに、読むことを中断するのは絶対に不可能だ」(筒井康隆)。〈解説〉沼野充義

B353
新版 一陽来復
―中国古典に四季を味わう―
井波律子
巡りゆく季節を彩る花木や風物に、中国古典詩文の鮮やかな情景を重ねて、心伸びやかに生きようとする日常を綴った珠玉の随筆集。〈解説〉井波陵一

2025.5

B354
未闘病記
―膠原病、「混合性結合組織病」の―
笙野頼子

芥川賞作家が十代から苦しんだ痛みと消耗は十万人に数人の難病だった。病と「同行二人」の半生を描く野間文芸賞受賞作の文庫化。講演録「膠原病を生き抜こう」を併せ収録。

B355
定本 批評メディア論
―戦前期日本の論壇と文壇―
大澤聡

論壇／文壇とは何か。批評はいかにして可能か。日本の言論インフラの基本構造を膨大な資料から解析した注目の書が、大幅な改稿により「定本」として再生する。

B356
さだの辞書
さだまさし

「目が点になる」の『広辞苑 第五版』収録をご縁に27の三題噺で語る。温かな人柄、ユーモアにセンスが溢れ、多芸多才の秘密も見える。〈解説〉春風亭一之輔

B357-358
名誉と恍惚（上・下）
松浦寿輝

戦時下の上海で陰謀に巻き込まれ、すべてを失った日本人警官の数奇な人生。その悲哀を描く著者渾身の一三〇〇枚。谷崎潤一郎賞、ドゥマゴ文学賞受賞作。〈解説〉沢木耕太郎

B359
岸惠子自伝
―卵を割らなければ、オムレツは食べられない―
岸惠子

女優として、作家・ジャーナリストとして、国や文化の軛〈くびき〉を越えて切り拓いていった、万華鏡のように煌〈きら〉めく稀有な人生の軌跡。

岩波現代文庫［文芸］

B360
かなりいいかげんな略歴
エッセイ・コレクションⅠ
―1984-1990―
佐藤正午

デビュー作『永遠の1／2』受賞記念エッセイである表題作、初の映画化をめぐる顛末記「映画が街にやってきた」など、瑞々しく親しみ溢れる初期作品を収録。

B361
佐世保で考えたこと
エッセイ・コレクションⅡ
―1991-1995―
佐藤正午

深刻な水不足に悩む街の様子を綴った表題作のほか、「ありのすさび」「セカンド・ダウン」など代表的な連載エッセイ群を収録。

B362
つまらないものですが。
エッセイ・コレクションⅢ
―1996-2015―
佐藤正午

『Y』から『鳩の撃退法』まで数々の傑作を著した壮年期の、軽妙にして温かな哀感漂うエッセイ群。文庫初収録の随筆・書評等を十四編収める。

B363
母の恋文
―谷川徹三・多喜子の手紙―
谷川俊太郎編

大正十年、多喜子は哲学を学ぶ徹三と出会い、手紙を通して愛を育む。両親の遺品から編んだ、珠玉の書簡集。〈寄稿〉内田也哉子

B364
子どもの本の森へ
河合隼雄
長田弘

子どもの本の「名作」は、大人にとっても重要な意味がある！　稀代の心理学者と詩人が縦横無尽に語る、児童書・絵本の「名作」ガイドの決定版。〈解説〉河合俊雄

2025.5

岩波現代文庫［文芸］

B365
司馬遼太郎の「跫音」
関川夏央

司馬遼太郎とは何者か。歴史小説家として、また文明批評家として、歴史と人間の物語をまなざす作家の本質が浮き彫りになる。

B366
文庫からはじまる
—「解説」的読書案内—
関川夏央

残された時間で、何を読むべきか？　迷ったときには文庫に帰れ！　読むぞ愉しき。「解説の達人」が厳選して贈る恰好の読書案内。

B367
物語の作り方
ガルシア＝マルケスのシナリオ教室
G・ガルシア＝マルケス
木村榮一訳

おもしろい物語はどのようにして作るのか？稀代のストーリーテラー、ガルシア＝マルケスによる実践的〈物語の作り方〉道場！

B368
自分の感受性くらい
茨木のり子

自分の感受性くらい／自分で守れ／ばかものよ——。もっとも人気のある詩人による、現代詩の枠をこえた名著。〈解説〉伊藤比呂美

B369
歳月
茨木のり子

亡夫に贈る愛の詩篇。女性としての息づかいが濃厚に漂う、没後刊行にして詩人の新生面を拓く、もう一つの代表作。〈解説〉小池昌代

2025. 5

岩波現代文庫[文芸]

B370

『三国志』を読む

井波律子

日中両国で今も読みつがれる三国志の物語。その原点である正史をひもとき、史実の中に英雄たちの真の姿を読む。〈解説〉井波陵一

2025.5